俄罗斯世界基金会资助项目
“俄罗斯白银时代中短篇小说汉译”
（项目编号：№ 1901Гр/ Ⅱ -348-18）

遇见热爱文学的你

和平的战争

萨沙·乔尔内等◎著
吕翠媛等◎译

西苑出版社
XIYUAN PUBLISHING HOUSE
·北京·

图书在版编目（CIP）数据

和平的战争 / (俄罗斯) 萨沙·乔尔内等著；吕翠
媛等译. -- 北京：西苑出版社, 2020.3（2021.10 重印）
ISBN 978-7-5151-0753-0

Ⅰ.①和… Ⅱ.①萨… ②吕… Ⅲ.①短篇小说—小
说集—俄罗斯—现代 Ⅳ.①I512.45

中国版本图书馆CIP数据核字(2020)第024453号

和平的战争
HEPING DE ZHANZHENG

责任编辑　陶永学　汪昊宇
装帧设计　马佳雯
出版发行　西苑出版社 XIYUAN PUBLISHING HOUSE
地　　址　北京市朝阳区和平街11区37号楼 邮政编码：100013
电　　话　010-88636419 E-mail：xiyuanpub@163.com
印　　刷　三河市嘉科万达彩色印刷有限公司
经　　销　全国新华书店
开　　本　710 毫米 ×1000 毫米 1/16
字　　数　184 千字
印　　张　15.5
版　　次　2020年6月第1版
印　　次　2021年10月第2次印刷
书　　号　ISBN 978-7-5151-0753-0
定　　价　50.00 元

总论

19 世纪末 20 世纪初是俄罗斯文学史上承前启后的时代（被称作“白银时代”），以象征主义、阿克梅主义、未来主义为代表的现代主义文学运动蓬勃兴起，在文坛上刮起了一阵强劲的风潮。这正式终结了俄罗斯文坛中传统现实主义一统天下的文学格局，一个流派统领一个时代的局面已一去不复返。各种思潮和流派多元共生的时代已经到来。作为这一时期最强大的两股文学思潮，现实主义与现代主义在相互排斥、相互斗争的同时又相互汲取对方的优点，相互影响、相互渗透，构成了 19 世纪末 20 世纪初俄罗斯文学多声部交响曲的主旋律。[①]

现代主义文学摒弃了传统现实主义文学以“反映论”为中心的创作原

① 张建华，王宗琥. 20 世纪俄罗斯文学思潮与流派 [M]. 北京：外语教学与研究出版社，2012.

则，不主张用作品去再现生活，而是提倡对人的心理机制进行探索，从人的心理感受出发，表现现代人在荒诞世界中的异化，试图建立起以“表现论”为中心的新规则。从现实主义到现代主义的过渡，表现了文学由注重外在的真实转向了注重内心的真实。现代主义作家不再热衷于环境描写或创作跌宕起伏的故事情节，而是把重心转向了描写人物复杂多变的内心世界。与此同时，这一时期的俄罗斯现实主义文学也出现了转型。传统现实主义文学在新的文化语境下不断寻求自我调节和更新——一方面延续自身传统；另一方面广泛吸收其他艺术类型思维的长处——仍然是强大而富有影响力的文学流派。如托尔斯泰、契诃夫等老一代批判现实主义作家仍在从事创作。以高尔基为代表的新一代现实主义作家（包括安德烈耶夫、库普林、蒲宁、什梅廖夫）恪守现实主义文学的创作原则，不断创造新的主题、主人公、情节，探索新的体裁，寻求与读者对话的新方式，以自身卓越的创作才华为俄罗斯现实主义文学的深化与现代性转型起到了至关重要的作用。

与此同时，这一时斯的现实主义文学在形式上也趋于复杂化和精细化，创作视野不断扩大。例如，蒲宁、库普林、安德烈耶夫等现实主义作家对人的潜意识投以极大的关注。现实主义文学在创作形式和创作手段上的丰富与多样，对非现实主义流派形式和手法的借鉴与吸收，绝不是现实主义本身的异化和危机，而是现实主义的发展和与时俱进。同样，活跃于19世纪末20世纪初的现代主义作家不但没有完全摒弃现实主义传统，而且或多或少地传承了现实主义文学的创作经验。例如，象征派代表作家勃洛克就借鉴了同时代的现实主义作家的创作经验。这一时期，很多现代主义作家的创作中都出现了现实主义和现代主义交融与过渡的特征。例如，安德烈耶夫早期作品的现实主义倾向就极为明显。他的小说《红笑》反映出现实主义、象征主义、表现主义等多重艺术特征，成为一种独特的文学现象。而契诃夫在世纪之交的创作理念却更接近于象征主义和印象主义，充满了各种现代主义元素，因此，其现实主义是高度透明的、无意识的、与象征主义融为一体的。

这一时期俄罗斯文学多种体裁和形态的并存反映了俄罗斯20世纪文学的基本走向和趋势，涌现了一大批具有独特艺术个性和才华的诗人、小说家、文艺理论家，如梅列日科夫斯基、吉皮乌斯、勃留索夫、巴尔蒙特、勃洛克、别雷、曼德尔施塔姆、帕斯捷尔纳克等人。他们在文学语言、诗学和诗歌技巧等方面都取得了巨大成就，创作了大量内容独特、形式新颖、风格多样的抒情诗和别开生面的叙事作品。

作为表现作家心灵世界的艺术，文学总是以不同的形式和方式来表现人的内心情感，再现一定时期和地域的社会生活。世纪之交的俄罗斯文学的现实主义和现代主义在创作上的分道扬镳，从表面上看是各个文学流派和团体之间的斗争，而深层次的原因则在于各个流派对于文学的功能持相对对立的观点，并由此形成了对人在世界中地位的不同看法。尽管现实主义和现代主义属于两种相互独立甚至对立的文艺流派和美学体系，但在一定条件下，它们是相互影响、相互交叉的。特别是在20世纪初各种思潮和流派纷至沓来的时期，一位作家同时倾向于几种思想流派或辗转于各流派之间的现象也时有发生。因此，这一时期的作家们无论属于哪个流派，都以各自不同的视角、不同的方式，反映出那个时代社会生活的各个侧面，共同描绘出19世纪末20世纪初俄罗斯文学的全貌。

20世纪90年代以来，我国学者对19世纪末20世纪初的俄罗斯白银时代文学，特别是诗歌，进行了比较系统的译介和研究，相比之下，对白银时代中短篇小说的译介和研究则较少。例如，1998年由吴笛编译的《对另一种存在的烦恼——俄罗斯白银时代短篇小说选》，被收入“俄罗斯白银时代文化丛书”，由云南人民出版社出版。作家出版社在 1998 年也出版了一套“白银时代丛书”，包括扎米亚京的《我们》和别雷的《彼得堡[①]》。2006—2007 年，新星出版社出版了一套“俄罗斯文学经典”，包括索洛古勃的《创造的传奇》、安德烈耶夫的《撒旦日记》、库普林的《士官生》和阿尔志跋绥夫的《绝境》。2014 年，河南大学出版社出版了吴笛修订编译的《街上的面具：俄罗斯白银时代短篇小说选》，这本译著新增了波塔彭科、谢苗诺夫、阿尔志跋绥夫、苔菲、吉皮乌斯等重要短篇小说家的作品，共收集翻译了 40 部俄罗斯白银时代的短篇小说作品，力图展现出俄罗斯白银时代短篇小说创作的全貌。

但是，作为俄罗斯文学史上的繁荣时代，19 世纪末 20 世纪初的白银时代文学由于世界大战、革命、国内战争等非文学的原因而过早地结束。相对于这一时期取得较高成就的现代主义流派的中短篇小说这一巨大的艺术宝库而言，我国国内仅有的这些译作出版物，对于了解在过去相当长的时期内在俄罗斯国内并未得到足够重视的白银时代作家的全貌来说，是远远不够的，对于中国读者全面了解代表 20 世纪俄罗斯文学走向和趋势的白银时代现代主义文学流派来说，也是远远不够的。

因此，长春大学叶赛宁文化教育研究中心俄罗斯文学研究团队在俄罗斯世界基金会基金项目（项目编号：№1901Гр/Ⅱ-348-18）的经费支持下，携手江苏科技大学、西南大学、东北师范大学、江苏大学、四川大学等高校的 19 位俄罗斯文学研究者，经过反复研讨，集中对这一时期 20 位不同流派的代表性作家的 73 篇中短篇小说进行了解读、翻译，力争使译文能

---

① 彼得堡是圣彼得堡的别称，本书统一使用“圣彼得堡”称谓。这里为了尊重别雷的作品名，仍保留“彼得堡”的说法。——编者注

真实再现原作者的思想意图和情感，再现原作的主题和意境。这些作家中有属于象征派的德米特里·梅列日科夫斯基、瓦列里·勃留索夫、亚历山大·勃洛克、费奥多尔·索洛古勃、安德烈·别雷、季娜依达·吉皮乌斯；有属于前阿克梅主义和阿克梅主义的米哈伊尔·库兹明、尼古拉·古米廖夫、奥西普·曼德尔施塔姆；有擅长写讽刺幽默小说的阿尔卡季·阿韦尔琴科、娜杰日达·洛赫维茨卡娅（苔菲）、萨沙·乔尔内；还包括世纪之交在俄罗斯文学进程中起过巨大作用的伊万·蒲宁、列昂尼德·安德烈耶夫、亚历山大·库普林等作家的作品。上述作家对世界、对人在世界中的位置所持的观点可能各不相同，但处于世纪之交的危机意识，俄罗斯即将被带入新的社会发展阶段的时代转换意识，“精神和物质统一的思想，对洞察人生、生与死的永恒秘密的向往”[①] 在某种程度上把他们联结在了一起。

希望这套“19 世纪末 20 世纪初俄罗斯文学作品选读”的翻译成果为我国学者深入研究这一时期俄罗斯文学的创作特点，了解这一时期现代主义小说创作的全貌，提供重要参考，以求让更多的读者和俄罗斯文学爱好者了解白银时代的俄罗斯文学，更加准确、全面地了解 20 世纪俄罗斯文学的发展脉络和进程。本项目团队希望通过这套书的出版，与更多的国内俄罗斯文学翻译研究者交流翻译经验与技巧，让更多的俄语语言文学研究者加入俄罗斯当代文学的翻译和传播队伍中来。同时希望这套书能为我国读者重新认识这一时期的文学成就，重新审视这一时期的文学遗产，促进新时代中俄关系背景下的中俄文化交流做出贡献。

---

① 弗·阿格诺索夫．白银时代俄国文学 [M]．石国雄，王加兴，译．南京：译林出版社，2001：3.

前言

阿克梅派是继象征主义之后俄罗斯白银时代文学又一重要的文学流派，虽然历时较短，但为俄罗斯文学乃至世界文学的发展都做出了重要贡献。19 世纪末 20 世纪初，俄罗斯文学受现代西方社会哲学思潮的影响，处于由批判现实主义的单一化向多元化的文化转型的时期，各种文学流派精英荟萃。它们之间既相互排斥，又相互渗透，其中，象征主义、阿克梅主义和未来主义是这一时期俄罗斯文学的主要流派。“阿克梅”一词源于古希腊语，意为事物的最高程度、极盛、巅峰，指用英勇、坚定和明确的目光来看待这个世界。阿克梅派脱胎于象征主义，在文学的创作特点上与象征主义有着千丝万缕的联系，在一定程度上继承并发展了象征主义的一些特点。象征主义者认为，创作上的神秘化、神圣化是形成新文化的神奇手段，在可感的客观现实世界隐藏着一个更为真实、永恒的神秘世界，他们拒绝旧的现实世界的假、丑、恶，希望带领人们走向闪耀着神圣光辉的境界。然而，随着象征主义文学“审美至上”这一创作力达到顶点，其内部的世界观在探索现代艺术的本质和目的的问题上产生了分歧，显得矛盾重重。在这样的背景下，古米廖夫、戈罗杰茨基等作家认为，文学创作不应沉溺于象征主义的迷雾中，应回到现实生活中去，继承象征主义的遗产，解决象征主义的遗留问题。1913 年，随着古米廖夫《象征主义的继承和阿克梅主义》和戈罗杰茨基的《现代俄罗斯诗歌流派》两篇文章的问世，阿克梅派宣布成立。阿克梅派是以象征主义的继承者和反对者的双重面目出现的，尽管他们接近于象征主义，但对象征主义神秘的创作风格无法适应新的时代节奏和人民心底的瞬息变化而感到不满，所以他们力图寻求新的表现形式，用以反映周围的世界和表达他们内心的情感。

首先，阿克梅派摒弃了象征主义对不可认知的神秘的追寻，将文学创作定位于现实世界，使用更加清晰、准确的表达来描绘人世间有声、有色、有味的具体物质。但阿克梅派所说的现实主义仅仅是相对而言的，只是臆想中的现实主义。从象征主义到阿克梅派，本质上并不是走向了现实中的现实主义，而是走向了假定的、表面上的现实主义，阿克梅派文学的现实主义不过是假定的艺术表现手法。

其次，在语言运用上，阿克梅派摒弃了象征主义神秘的隐喻、含混的暗示和模糊的言语表达，恢复了文学创作中语言的准确性，主张选择语义单一的日常生活中的通俗语言，果敢、明晰、具体地表现文学内容。正是缘于对生活的最基本、最原始事物的欣赏和追求，才形成了阿克梅派独具特色的文学语言表达方式。虽然阿克梅派在俄罗斯文学史上存在的时间不长，但依旧涌现出了许多优秀作家，如古米廖夫、阿赫玛托娃、曼德尔施塔姆、库兹明等。曼德尔施塔姆是阿克梅派的重要作家，其作品形式严谨，格律严整，优雅的古典韵味中充满了浓厚的历史文化气息和深刻的道德意识，同时具有强烈的悲剧意味。本卷中收录的《埃及邮票》受到广泛关注。

库兹明不仅是阿克梅派的诗人、小说家，还从事文学评论，他的作品从精神和物质两个方面，将世界进行独特的缩微，具有室内抒情倾向，他独特的创作魅力为俄罗斯文学界所公认。

阿克梅派的作品以完美、简洁的形式和清新的文风反映了这一时期俄罗斯社会的现实和精神状态，为俄罗斯文学做出了突出的贡献。①

20 世纪俄罗斯文学中先后出现了三次侨民文学浪潮。第一次浪潮出现在 1917 年之后，白银时代有许多蜚声文坛的作家在这一时期流亡国外。他们留下了不少经典作品。本卷还收录了 20 世纪初俄罗斯侨民文学代表苔菲和阿韦尔琴科的幽默作品，以及萨沙·乔尔内的讽刺文学代表作品。苔菲的《圣洁之愧》《罐子里的小鬼》等作品都体现了作家在短篇小说创作中所反映的普通人的遭遇和日常生活，作品中充满了忧伤的基调。

① 张冰．白银时代俄罗斯文学思潮与流派 [M]．北京：人民文学出版社，2006．

译者

吕翠媛

吕翠媛，1972 年生。曾在俄罗斯伏尔加格勒国立师范大学和俄罗斯莫斯科国立师范大学留学，分别获文学硕士学位、教育学博士学位。现任长春大学俄语专业副教授。主要研究领域：俄汉翻译与跨文化交际。翻译并出版图书《铁证如山》（国家社会科学基金特别委托重大项目——吉林省档案馆馆藏日本侵华邮政检阅月报专辑 2）（合著）；翻译并出版俄罗斯当代小说家奥谢皮杨·列翁·奥加涅索维奇的短篇小说《一杯啤酒》《孤注一掷》《超载专线车》《柯米塔斯之歌》。

夏宏芳

夏宏芳，1971 年 8 月生。俄语语言文学硕士。1994 年毕业于东北师范大学，获俄语学士学位。1999—2001 年在俄罗斯伏尔加格勒国立师范大学攻读俄语语言硕士学位。1994 年开始在长春大学外语学院俄语系工作，现职称副教授。2018—2020 年在梁赞国立大学孔子学院做国家公派汉语教师。主要研究领域：俄语语言、文学翻译。对当代俄罗斯文学感兴趣，并在《作家》杂志发表了俄罗斯当代作家根那季·卡拉什尼科夫的作品译文《马》和《水管》。工作期间，主持并参加过省级科研、教研课题多项，在国内外期刊上发表论文多篇。

王莲涔

王莲涔，1973年5月生。历获黑龙江大学俄语语言文学学士、俄罗斯国立罗蒙诺索夫大学管理学硕士和教育学博士学位。现任西南大学外国语学院副教授、硕士研究生导师。主要研究领域：外语教学理论与实践、翻译学、语言与文化和词典学。出版专著1部、译著《泰加林人的故事》，在国内外重要学术期刊上发表论文《教育学教学词典的词汇学和术语学研究》《作为诗歌和散文翻译者的普希金》《语料库应用于大学俄语词汇教学的探索》等20余篇。主持完成重庆市项目1项，教育部专项项目1项。

张 婵

张婵，1984年4月生。俄罗斯语言文学博士，现任长春大学中俄学院讲师。翻译作品包括俄罗斯当代作家短篇小说《另一个自己》《维季卡择乡记》《马列维奇的子孙》，分别刊登于《作家》杂志2016年及2017年俄罗斯文学专号。

武利茹

武利茹，1974 年 4 月生。吉林大学外国语学院俄语专业硕士研究生。现任长春大学外国语学院俄语系副教授。主要研究领域：俄语翻译理论与实践。曾获 2011 年第三届全球俄汉翻译大赛三等奖，2012 年第四届全球俄汉翻译大赛二等奖，2013 年第五届全球俄汉翻译大赛二等奖，2012 年卡西欧杯俄汉翻译比赛二等奖。2009 年在《译林》上发表译作《小偷》；2011 年在《译林》上发表译作《突尼斯之旅》；2016—2018 年在《作家》上发表译作 6 篇；还在圣彼得堡“2017 感知中国 · 俄罗斯行——吉林文化周”活动上完成京剧《大闹天宫》的台词翻译。此外，在国内外学术期刊上发表翻译研究方向论文多篇。

原丽莹

原丽莹，1988 年生。本科和硕士研究生就读于吉林大学俄语系，2017 年毕业于圣彼得堡国立大学，并获得语言与文学博士学位。现任长春大学俄语专业教师。主要研究领域：俄汉成语谚语俗语、俄罗斯文学翻译。

胡海燕

胡海燕，1972 年 3 月生。硕士，现任长春大学外国语学院俄语系讲师。主要研究领域：俄语语言与文化、文学翻译。一直对俄罗斯文学有着浓厚的兴趣。曾参与“亚美尼亚国情法律”“白色哈尔滨”等项目的翻译工作。

张　贤

张贤，1979 年 11 月生。在俄罗斯留学获俄语语言文学专业硕士学位。现任长春大学中俄学院俄语专业讲师。主要研究领域：俄语语言与文学、对比语言学与跨文化交际。在国内外的学术期刊上发表论文及文学翻译作品 20 余篇，如《俄罗斯白银时代作家库普林作品〈奥列霞〉中塑造神秘主题的语言特色》等论文，发表《幸运的一天》《大耳朵帽帮》等译作。参与《简明俄汉 - 汉俄科技词汇手册》《成人对外汉语教材》《译者的隐身——从翻译理论到翻译实践》等项目。主持教育部“春晖计划”项目、吉林省社科规划项目 1 项等，作为成员参加多项中俄人文交流项目。

目录

萨沙・乔尔内

格奥尔吉・丘尔科夫

阿尔卡季·阿韦尔琴科

沃洛奇卡
黄金时代
一幅画的故事（源于一次展览会）
亲近人民的人

阿尔卡季·阿韦尔琴科

全名阿尔卡季·季莫费耶维奇·阿韦尔琴科（1881—1925），俄罗斯讽刺作家、剧作家、戏剧评论家、杂志编辑。由于先天视力差、身体弱，他无法长时间学习，所以没有接受任何初等教育，全靠天生聪明得以弥补。曾任杂志《萨蒂里孔》（1908—1913）和《新萨蒂里孔》(1913—1918) 的编辑。著有短篇小说《快乐的牡蛎》《白纸黑字》《水上航线》《杂草》等，出版唯一一部长篇小说《米西奈斯的玩笑》。阿韦尔琴科被誉为“俄罗斯喜剧之王”，其作品被称为“俄罗斯生活的幽默讽刺性百科全书”。

沃洛奇卡

吕翠媛 译

在一个朋友那里吃早餐的时候，我看到一个十一岁左右的男孩倚靠在门框上，他一副无忧无虑的神态，眼里充满喜悦，竖着灵敏的耳朵听我和朋友的交谈。

“这个小家伙是谁?”我问道。

“他呀，他是我的仆人、秘书、心腹和亲信。他叫沃洛奇卡。你站那儿干吗?”

“我已经把所有的活儿都干完了。”

“嗯，随你的便吧，那你就在这儿站着吧。对了，我刚才说到哪儿了?”

“您刚才说到本地货币汇率和君士坦丁堡货币汇率之间的明显差异。”沃洛奇卡一边说，一边用一只光着的脚挠了另外一只脚几下。

“喂！你什么时候才能不在别人谈话的时候插嘴呢?”

沃洛奇卡向上抬起并不挺翘的、长满雀斑的鼻子，若有所思地回答道：

“乌鸦哇哇叫道，‘永不复焉！’”

“喔！”我大笑起来，“你还知道埃德加·爱伦·坡[①]……你继续往下说。”

沃洛奇卡若有所思地看了看我，继续说道：

“你是地狱的灵魂还是人间的活物，

你是先知！既然魔鬼或狂风骤雨把你带入激烈的争论，

把自由奔放的你带到这恐怖笼罩的小屋，

这个被万恶的命运投下罪恶之斧的小屋，

他问道，‘他的斧伤会好吗？’

乌鸦叫道，‘永不复焉！’”

“非常不错，”我故意逗他说，“那接下来呢？”

“接下来？”沃洛奇卡惊奇地反问，“接下来什么也没有啊！”

“怎么会没有呢？接下来就是——倘若如此，欺诈之徒，请你离开，飞回到你的黑暗王国去。”

“您这是对我说的吗？”沃洛奇卡一本正经地问我，“为了让我离开这里吗？”

“怎么是对你说的呢？这是爱伦·坡接下来对乌鸦说的话。”

“接下来明明什么也没有啊！”沃洛奇卡固执地说道。

“他是在我这里听到这个故事的。”朋友特别自豪地说。

我赞赏道：“太棒了，沃洛奇卡！”

沃洛奇卡是个随和的小孩。他没等我们询问，就开始翘起鼻子说道：

---

① 埃德加·爱伦·坡（1809—1849），19世纪美国诗人和文学评论家。代表作有小说《黑猫》《厄舍古屋的倒塌》、诗歌《乌鸦》《安娜贝尔·丽》等。——译者注

“……他促使她逐渐成为孟德斯鸠、沃尔特和其他学识渊博者的信徒，巴维尔·彼得罗维奇大公[①]的诞生对整个王朝都有重大意义……”

“等一下，等一下！为什么一开始就从中间说呢？‘促使’是什么意思？谁促使的？”

“我不知道是谁，因为不知道上文是什么。”

“多神奇的小男孩呀，”我惊异道，“你还懂哪些学问？”

“还懂一些。右心室肥大会造成血液循环系统局部阻力不正常提升，引起肺气肿、胸膜炎、肺炎并发症、肺不张以及脊柱侧后凸等疾病……”

“鬼知道这说的是什么！”我坐在椅子上晃得迷迷糊糊的，大为吃惊。朋友冷笑一声说：“真是个枯燥的话题。沃洛奇卡，背几句雪莱的诗。”

“就是书页背面上的《东方的云》吗？”

“是的。”

然后，沃洛奇卡开始有节奏地摇头晃脑地背诗：

“我们曾甜蜜地渴望，
我们也曾期待，期待，
那往昔岁月的欣喜若狂，
当我们回忆往昔岁月，
我们忧郁，我们痛苦。
我们伏在孩子的尸体上痛哭，
我们不会对痛苦说‘安息吧’。
直到美好也化为悲伤，
变成往昔。”

我再也忍不住了，站起身来。

---

① 即保罗一世（1754—1801），俄罗斯帝国皇帝，叶卡捷琳娜二世的儿子。——译者注

“让魔鬼把你撕碎吧！你为什么让这个神童来戏弄我！这到底是怎么回事儿！你快点儿坦白，解释一下。”

“怎么回事儿？”朋友不动声色地笑了笑，“关键在于那条鱼，那条剩下头和尾巴的鲭鱼。很美味的一条鱼，不是吗？其实事情很简单，因为包鱼没有包装纸，于是鱼贩就从旧书商那里收购旧书本、旧课本——曾经很贵的出版物。旧书商之所以出售这些书本，是因为把旧书本当成包装纸卖能挣得更多的钱。于是沃洛奇卡每天给我拿来的鱼，都是用印有或是雪莱文章的片段，或是《俄罗斯国家历史》，又或是临床技术研究图册的包装纸包裹的。而他的记忆力非常好……这样一来他就给自己补充了一点儿知识。沃洛奇卡！今天看到的是什么呀？”

“‘尽管科丘别伊很富有，而且很自豪，

但让他引以为豪的不是克里米亚部落的黄金和贡品，

不是世代相传的农场，

让科丘别伊自豪的是自己美丽的女儿……’

只说了这些……接下来就中断了……”沃洛奇卡又背了一段。

“是啊，这就意味着普希金要去经商了。”

我的内心像揪紧了一般疼痛，而我的朋友则在哈哈大笑，他拍了拍沃洛奇卡的肩膀说道：

“沃洛奇卡，你要知道，鲭鱼在左拉的《巴斯加医生》中要比在普希金的《波尔塔瓦》中温柔得多。”

“这个不在于左拉，”沃洛奇卡认真地反驳道，“而在于鲭鱼本身。随着大脑中血管交织的动脉脱落，最好的鱼便落网了。”我们谁都没有对这个回答感到惊讶，朋友不惊讶，我不惊讶，沃洛奇卡也不惊讶。也许，读者们会感到惊讶。但，那是读者自己的事了。

黄金时代

吕翠媛 译

一

来到圣彼得堡后，我去找了我的老朋友——记者斯特列姆格拉沃夫。我对他说：

“斯特列姆格拉沃夫，我想出名！”

斯特列姆格拉沃夫赞许地点了点头，用手指敲了几下桌子，先点了一支烟，然后把桌上的烟灰缸旋转了一下，又晃了晃腿——他总是能同时做几件事，然后对我说：

“现在很多人都想出名啊！”

“我跟那些人不一样。”我谦虚地反驳道。

“瓦西里耶夫，兄弟，你的父称‘马克西莫维奇’和姓氏‘坎德宾’放到一起可真不多见！”

“你很早以前就开始写东西了吗?”斯特列姆格拉沃夫接着问道。

“你是指什么？你是问我什么时候开始写作的吗?”

“对，就是什么时候开始杜撰的?”

“我可没杜撰什么。”

“那就是说，你不是搞写作的，那你想成为‘鲁本斯’[①]吗?”

“我没有他那种辨音能力。”我坦白地承认。

“你是指什么辨音能力?”

“就是没有你说的那种……音乐家的辨音能力……”

“哎哟，我说兄弟呀，你可太过分了。鲁本斯可不是什么音乐家，他是个画家呀！”

因为我对绘画从不感兴趣，也记不住所有的俄罗斯画家，所以我只好对斯特列姆格拉沃夫补充了一句：

“我只会画内衣上的名字。”

“那就别在绘画界出名了。你有舞台表演经验吗?”

“表演过。但有一次在舞台上，我表演向女主角表白，我说话的语气就像是为了凑点儿酒钱而去搬钢琴的工人一样，剧院老板说还不如让我真的去扛钢琴。然后就把我赶出去了。”

“就这样你还想靠当演员出名?”

“当然想了。你可别忘了，我还会画内衣上的名字呢！”

---

① 彼得·保罗·鲁本斯（1577—1640），17 世纪佛兰德斯画家，是巴洛克画派早期的代表人物。——译者注

斯特列姆格拉沃夫挠了挠后脑勺，然后又同时做了几件事。他拿起一根火柴，咬下来一半儿，用纸把它包起来，然后扔到篮子里；又掏出了怀表，吹了个口哨儿说：

“好吧，看来只能让你出名了。从某种程度上说，你把鲁本斯和鲁滨孙，还有肩扛钢琴的故事混为一谈，倒成了一件好事，这使你增加了几分率真的气质。”

斯特列姆格拉沃夫友善地拍了拍我的肩膀，答应我说，他会竭尽所能帮我出名。

二

第二天，我在两份报纸的《艺术新闻》栏目上都看到了一则非常奇怪的消息：

“坎德宾的健康状况正在好转。”

“你听我说，斯特列姆格拉沃夫，”我去找他问道，“为什么我的健康状况在好转？我也没生病啊。”

“就得这么做，”斯特列姆格拉沃夫说，“报纸上出现的关于你的第一个消息必须是个好消息……因为大众喜欢看到某人正在康复的消息。”

“那他们知道坎德宾是谁吗？”

“不知道，但是他们现在已经对你的健康状况产生了兴趣，所有人都将在见面的时候相互转告——‘坎德宾的健康状况正在好转’。”

“那如果有人问，‘哪个坎德宾？’”

“不会有人问的。只会有人说，‘是吗？但是我认为他（的身体状况）

可能更差了’。”

“斯特列姆格拉沃夫，你知道吗？即便如此，他们也会马上忘了我的！”

“会忘记的，但是明天我还会散播这样的一条消息，‘我们德高望重的××家的健康状况……’你想当什么来着，作家还是画家？”

“那就作家吧。”

“我们德高望重的作家坎德宾的健康状况正在恶化。昨天他吃了一个肉饼和两个溏心鸡蛋，导致体温达到39.7摄氏度。”

“这个时候也不用公布我的照片吗？”

“还早呢。对不起，我现在就得去发布一个关于肉饼的消息了。”

然后，他就急匆匆地走了。

三

我带着强烈的好奇心关注着报纸上那个关于“我”的生活近况的报道。

“我”的身体虽然恢复得慢，但是也差不多了。“我”的体温降了下来，吃进“我”胃里的肉饼的数量也在增加，而且现在的“我”不仅能吃让“我”坏肚子的溏心鸡蛋，还能吃煮老了的鸡蛋。

最后，“我”不仅恢复了健康，甚至还做了些冒险的事。

例如，一份报纸这样写道：

“昨天，火车站发生了一场令人遗憾的冲突，这场冲突可能会以一场决斗而告终。某个退休的船长对俄罗斯文学的尖锐批评引起了著名作家坎德宾的强烈愤怒，因此他给了船长一记耳光，最终冲突双方交换了名片，并宣布决斗。”

这件事在报纸上引起了轰动。

一些报纸的报道认为，“我”不能答应决斗，因为在“我”打船长的这记耳光里没有侮辱他的成分，而社会必须保护像“我”这样年富力强的俄罗斯天才。

另一份报纸写道：

“普希金和丹特斯的历史在我们这个充满荒谬的国家正在重演。或许，著名作家坎德宾很快就会成为船长Ч[①]的枪下鬼。我们不禁要问，这种行为是公正的吗?”

“决斗的一方是坎德宾，另一方是名不见经传的船长Ч。”

还有一份报纸写道：

“我们相信坎德宾的朋友们一定会制止他去决斗的。”

有一则消息相当令人印象深刻：斯特列姆格拉沃夫（作家最亲密的朋友）发誓，万一决斗无法避免，他会替作家去和船长Ч决斗。

于是，记者们纷纷来到我家。

他们问我：“是什么促使您给了船长一记耳光呢?”

我回答道：“正如你们所看到的，他尖锐地批评了俄罗斯文学。这个混蛋还说艾瓦佐夫斯基[②]是个平庸无能的作家。”

“但是艾瓦佐夫斯基是画家啊!”记者惊讶地高声喊道。

“不管他是作家还是画家，反正都一样。只要是伟大的名字就都应该是神圣的。”我一本正经地回答说。

---

① 小说中的船长的代称。——译者注

② 伊凡·康斯坦丁诺维奇·艾瓦佐夫斯基，亚美尼亚裔俄罗斯画家，以海景画著名。代表作品有《九级浪》《黑海》《贩货的牛队》等，具有浪漫主义气息，又有写实主义的特点。——译者注

四

今天，我得知船长Ч无耻地拒绝了决斗，而“我”就要去雅尔塔了。

和斯特列姆格拉沃夫见面时，我问他：

“怎么，你已经厌烦我了吗？你要把我打发走了吗？”

“必须这么做。让大众也稍微休息一下。再说，这么安排也是非常合理的——坎德宾去雅尔塔了，希望在南方那个奇妙的大自然里完成一部已经开始创作的巨著。”

“‘我’开始创作什么了？”

“你在创作剧本《死亡的边缘》。”

“戏院老板不会要求把它搬上舞台吧？”

“当然会啊！到时候你就说剧本已经完成了，但是你对某些地方不满意，因此烧掉了三幕剧的稿子。这在大众之中可能会有不得了的影响啊！”

过了一周我得知，“我”在雅尔塔发生了不幸：“我”爬上峭壁后跌落到山谷里，并且把腿摔脱臼了。

这样，“我”又开始过起了吃肉饼和鸡蛋的、漫长且令人厌倦的生活。

后来，“我”又恢复了健康，并且为了什么事又去了罗马……之后“我”的所有行为就完全没有任何联系，也没有任何逻辑性了。

首先，“我”在尼斯买了别墅，可是并没有留在那儿居住，而是前往了布列塔尼，“我”要在那里完成喜剧作品《生命之初》的创作。

其次，“我”的房子失火了，烧毁了“我”的手稿（这完全是愚蠢的行为），“我”因此获得了纽伦堡的一小片土地。

终于，我厌倦了在光天化日之下各种毫无意义的谎言所带来的痛苦和毫无意义地浪费金钱，于是我找到了斯特列姆格拉沃夫，坚定地对他说：

“我受够了！我想举办一个周年纪念会。”

“多少周年的纪念会?”

“二十五周年的。”

“二十五周年太长了。你在圣彼得堡一共才待了三个月。要不然办一个十周年的吧?”

“行吧，”我说，“认认真真工作十年可比毫无意义的二十五年更珍贵。”

“你像托尔斯泰一样理性。”斯特列姆洛拉沃夫十分赞赏地喊道。

“甚至比托尔斯泰还要理性。我甚至连托尔斯泰是谁都不知道，但他一定会在天上看到我是谁的。”

五

今天，人们为“我”举办了“我”自己的文学与科学教育工作十周年的纪念会……

在隆重的午宴上，一个高龄的文学家（我不知道他姓什么）说：

“向青年理想的代表和为祖国的忧患而呼喊的人致敬。我要说的只有两个词，这两个词发自我的灵魂深处——你好，坎德宾!”

“啊，您好。”我礼貌地，并且表现出相当荣幸的样子回答道，“您过得怎么样?”

所有人都走过来亲吻了我。

一幅画的故事（源于一次展览会）

吕翠媛 译

在遇到现代派艺术家之前，我一直感觉他们有点儿可怕。我觉得，有可能在我同某个所谓的现代派艺术家谈话的时候，他会突然咬我的肩膀或者向我借钱。但这种奇怪的感觉，在我和一个这样的画家首次接触之后就消失了……

这位画家是一个特别和气的绅士，可是，他的谈话中居然夹杂着无耻的谎言。那是在一个办画展的旺季，我参观了一次画展，花费近一个小时的时间，研究挂在我面前的一幅奇特的画。

这幅画没有让我产生一丝愉快的心情……一条黄色的线条贯穿整张画布，线条的一侧画满黑色的小钩。同样的淡紫色小钩出现在画面底部，使画面的色调变得多样化。画的一侧悬挂着太阳，如果它不是悬挂在一侧，如果它不是蓝色，那它应该是一个不太难看的天体……

其实，刚看到这幅画时，我脑海中首先出现的是大海的形象。但是，画面上的黑色小钩无情地破坏了我的这个印象。“唉！”我对自己说，“狡猾的画家可能只是想简单描绘诺曼人居住的小屋的内部结构……”但位于画面一侧的太阳的形状和位置又把我这个简单的想象给否定了。我尝试着集中自己的注意力，想换一种方法观看这幅画，但在集中注意力后，我发现这幅奇怪的画变得更加难以理解……我又想出了一个办法：用力眯起眼睛，然后摇摇头，再立刻睁大眼睛……但一切依然如故，侧面的太阳凸起的一面仍旧是鼓出来的，黑色的小钩依然顽固地、令人讨厌地挂在画面上。

这时，我注意到一位陌生的年轻先生，他脸色苍白，打着宽领带，在我身边已经转了十分钟左右，我不得不一直礼貌地避开他。这位年轻的先生看着我的脸，耸了耸肩。我感觉他对他周围的一切表现出强烈的兴趣。“该死的！”我终于失去了耐心，抱怨道，“我想知道这幅画的作者是谁，我想对他……”

年轻的先生高兴地点了点头说：“真的吗？您喜欢这幅画吗？我非常高兴，您能目不转睛地欣赏它。有很多人不喜欢它，而您……请允许我和您握手。”

“您是谁呀？”我冷不防地问道。

“我吗？我是这幅画的作者啊，怎么了？”

“啊……哦，请您告诉我，”我严肃地问他，“您画的到底是什么？”

“这个吗？我的天哪，这是《贝多芬第十四小提琴奏鸣曲（18 号作品）》，最简单的奏鸣曲。”

我又一次仔细地看了看这幅画。

“奏鸣曲？”

“奏鸣曲。”

“您说的是 18 号作品？”我郁闷地问他。

“是的，先生，是 18 号作品。”

“您没弄混吧？不是《贝多芬第五小提琴奏鸣曲（24 号作品）》吗？”

他的脸色瞬间变得煞白。

“不，不，我记得很清楚，这是第十四奏鸣曲。”

我怀疑地看着他苍白的脸：

“请您告诉我，如果您不得把奏鸣曲增加几个序号，那您会做出什么改变呢？或者说您就是根据第五奏鸣曲创作的吧？年轻人，我没有必要让您难堪，您觉得呢？”

这时，年轻的画家无比激动起来：

“那可不行……您把像数学般精准的研究事物的原理带入了您的情绪，您混淆了科学和情感……问题在于，这只是我个人的体验。请回到第十四奏鸣曲上来。”

我郁闷地笑了起来：

“遗憾的是，我很难接受您的建议，非常非常难！我是看不到第十四奏鸣曲的。”

“为什么?!”

“因为贝多芬小提琴奏鸣曲只有十首，非常可惜，只有十首。这个老头儿可是一个极其懒的家伙。”

“您为什么一直对我纠缠不休呢？我的意思是，这个东西不是用小提琴演奏的，而是用大提琴演奏的……就是这样！用高音……我很遗憾。”

“老头儿似乎故意给您设了一个圈套……大提琴奏鸣曲总共只有六首。”

然后，这个和我对话的画家就很沮丧地站在那里，低着头，用手抠着用石膏做的雕像。

“不要破坏雕像。”我说。

他叹了口气。

他的样子似乎表明，我在怜悯一个误入歧途的印象派艺术家。

“您听我说……我会对我们之间的这件事保密。只要您承诺改正错误，并且开始以一种全新的、诚实的态度生活。您不会再展出这样的画，我也对您这件事完全保持沉默。好吗?”

起初，他铁青的脸皱出了奇怪的表情，但后来，他还是答应了我的要求。

没想到一周后，我在另一个展览会上看到了他的新画作——《柴可夫斯基第七交响曲（19 号作品)》[①]，尤·格·齐默尔曼作。

他没有遵守诺言，我也没有遵守。

① 柴可夫斯基《第七交响曲》，即《降 E 大调第七交响曲》，是柴可夫斯基未完成的作品。——译者注

亲近人民的人

吕翠媛 译

上司仰靠在舒适的座椅上，用温和的声音说道：

“啊，你知道艺术有多么美妙吗？……我前几天去了艾尔米塔什博物馆，那里的画简直让人眼花缭乱、美不胜收，有鲁本斯画派的、杰尼尔斯画派的、荷兰画派的……”

他的秘书想了想，回答道：

“是的，绘画是令人愉快的消遣。”

“绘画算什么？还有美妙动听的音乐呢！犹如你在听一曲大合唱，感觉自己像在天空中遨游一样……”

“就像听古诺[①]、柏辽兹[②]、威尔第[③]等人的曲子一样。”

“古诺的确是优秀的作曲家，确实啊，音乐是一种迷人的东西。”秘书附和道。

“那么诗歌呢？诗歌是什么？有什么能比诗歌更加高贵呢？”

“我记得那美妙的一瞬——

在我的面前出现了你，

在那一瞬间我明白……”

“唉，下面的我想不起来了。但不管怎么说，诗歌这东西就是美啊！”

“是啊，诗歌这东西就是让人身心愉快、精神焕发。”

“科学呢？”上司懒洋洋地低声说，“比如气候学、技术、水文地理学……我很奇怪，怎么我们在科学领域的发明这么少呢，怎么没听说过我们的画家、音乐家和诗人有什么好作品呢？”

“大人，其实我们也有那样的人才，只不过他们没有什么名气而已。”

“应该找到他们，然后……把他们公之于众。”

“没人去做这样的事啊，大人！”

“怎么会没人呢？把这件事交给那些亲近人民的人呀。我们有哪些人最亲近人民呢？”

“警察呀，大人！”

“太好啦！警察局正好是我们管辖的部门。让警察去找啊，让他们去寻找这些人才！我们要把艺术抬到足够高的地位，让更多的人关注艺术、重视艺术。”

---

① 查理·弗朗索瓦·古诺（1818—1893），法国作曲家，代表作品有《浮士德》。——译者注

② 艾克托尔·路易·柏辽兹（1803—1869），法国作曲家，法国浪漫乐派的代表人物。代表作品有《幻想交响曲》《葬礼与凯旋交响曲》《罗密欧与朱丽叶》等。——译者注

③ 朱塞佩·威尔第（1813—1901），意大利作曲家，代表作品有《纳布科》《弄臣》《茶花女》《游吟诗人》《奥赛罗》《西西里晚祷》《法尔斯塔夫》《假面舞会》《安魂曲》等。——译者注

“噢，这主意太好了！大人，您会成为第二个富凯①！”

“为什么是第二个？我要做第一个！”

“大人，第一个在路易十四时期已经有了。正是因为他的功劳，拉·封丹②、莫里哀③等艺术家才出了名。”

“这么说，我当第二个也不错了，那么你就去发布通令吧。”

州长咬了咬嘴唇，陷入了沉思，然后又阅读了一遍收到的通令：

1916年2月2日。部门的第二号通令。

要拉近警察与人民的关系，特别是要拉近农村地区的警察与人民之间的关系，要让警察准确了解那里发生的所有事件，并把重要事件记录下来，恳求阁下委托辖区内的警察，一旦发现各种创造或发明，例如，某人的创作、有价值的研究成果等，无论是农业经济、技术工艺、诗歌、绘画或音乐，还是广义上的技术、气候学等领域的成果，就立即向你们报告，然后通过检查，筛选出有代表性的，特别是那些真正值得关注的情报，要刻不容缓地向内务部报告。

看到这里，州长立刻精神起来了。

“叫伊利亚·伊里奇进来！……您好，伊利亚·伊里奇！我刚才接到了一个新的指令——了解谁在搞绘画、音乐、诗歌或气候学，查明相关人员后，要立刻报告给警察局。执行命令吧！”

---

① 富凯（约1420—1481），法国肖像画家，法国文艺复兴时期的第一位大师，对后来法国艺术的发展具有重要影响。——译者注

② 让·德·拉·封丹（1621—1695），法国古典文学的代表作家之一，寓言诗人。他的作品经后人整理为《拉·封丹寓言》，与古希腊著名寓言诗人伊索的《伊索寓言》及俄罗斯著名作家克雷洛夫所著的《克雷洛夫寓言》并称为世界三大寓言。代表作品有《寓言诗》《故事诗》《普叙赫和库比德的爱情》等。——译者注

③ 莫里哀（1622—1673），原名让·巴蒂斯特·波克兰，法国喜剧作家、演员、戏剧活动家。法国芭蕾舞喜剧的创始人。代表作品有《无病呻吟》《伪君子》《悭吝人》等。——译者注

"遵命。"

"伊利亚·伊里奇，您叫县警察局局长来。"

"他来了，正在会客室等着您呢。"

"好，叫他进来吧！……您好！您来了，老朋友！我们接到了通令，要求查清楚在您的辖区内谁从事诗歌、音乐、绘画等行业，或者谁是搞气候学研究的，要调查清楚他们的学问和其他情况，然后向我们报告，听清楚了吗？"

"这有什么不清楚的，您尽管放心，一定会调查清楚的。"

"区警察局局长们都到齐了吗？"

"到齐了，大人！"

县警察局局长走到这些区警察局局长面前说："局里得到消息称，在你们的辖区内有从事写生、音乐、气候学和其他行业的人。先生们，请你们找到这样的人，然后根据他们的口述，按规定程序汇报结果。请将这个通令传达给警察们执行！"

警察们穿着沉重的靴子，小心翼翼地迈着步伐，听着区警察局局长清晰的训话：

"各位！上级要求汇报关于从事绘画、音乐、气候学的人士的消息。我命令你们查明他们这些犯罪的艺术行为，然后报告到区里。警告各位，事情很严肃，因此不允许有任何的姑息纵容。明白了吗？"

"明白了，长官！他们对我们来说就是小菜一碟。我们会把他们都给抓回来的。"

"嗯，很好。去吧！"

“你是伊万·科索拉波夫吗?”

“是我，警官大人!”

“拉手风琴的?”

“拉手风琴是我们的消遣。”

“啊……‘消遣’吗？要抓的就是你们这些坏蛋!”

“警官大人，何出此言？难道连手风琴都不可以拉了吗?”

“我让你知道知道什么是‘消遣’！我会把你们这些恶棍全部抓住。到我那儿再让你们拉个够！——你研究气候学吗?”

“您有事儿吗？警官大人，难道不可以研究吗？好在我对气候学还多少懂一点儿。”

“你们这里谁是研究气候学的?”

“伊格纳什卡·克里沃应该是在行的吧。他要不是盗马贼，就是干这个的。”

“把克里沃拿下。而你，科索拉波夫，也要抓起来，直到你把所有的同谋者都供出来为止。”

“你是克里沃?”

“是我。”

“研究气候学的?”

“我为啥要研究那玩意儿？好在我不是研究那玩意儿的，我是有老婆、孩子的人……”

“别装了！我要把你们这些鬼东西全都抓起来！你是唱歌的吗?”

“唱过，不过不是我一个人唱的。上个周日在草地上所有人都唱了，有彼得鲁什卡·康德巴、福马·赫里雅克、赫罗莫伊·叶利扎尔、米佳伊舅舅和彼得利亚舅舅……”

“停，住嘴！让我把你的话都记下来……哎，竟然有这么多人干这个，这么多人往哪儿关呢？我都不知道了。”

两周后，内务部收到了省里对第二号通令的回复：

依照二月二日的通令，发现在音乐、绘画和气候学领域存在犯罪人员，少数矢口否认的也被揭发了，现在他们已被羁押，等待您的命令。

第二个“富凯”长官正在睡觉，他梦见第二个“拉·封丹”给他读了自己写的寓言故事，第二个“莫里哀”在他面前表演了《斯卡宾的把戏》。

而真正的艺术家和文学家们正坐在广袤无垠的俄罗斯大地上那些“冰冷”的羁押室里，就如同普通的俄罗斯人那样缩手缩脚，再也不敢自由地进行创作了。

阿尔卡季·布霍夫

文坛新手

后者

阿尔卡季·布霍夫

阿尔卡季·谢尔盖耶维奇·布霍夫（1889—1937），俄罗斯讽刺作家、专栏作家。布霍夫与阿韦尔琴科、苔菲一起合作办杂志《萨蒂里孔》。1918年，《新萨蒂里孔》杂志社关闭，随后阿尔卡季·布霍夫移居立陶宛。1927年，他回到俄罗斯，编辑了讽刺性刊物《古怪》《河马》《无神论者》，并在《文学报》和《消息报》上发表作品。著有《阿尼西娅的丈夫》《和平鸽》《时代与风格》《帆》《懒惰》等小说。布霍夫的作品充满讽刺和幽默色彩。

文坛新手

张贤 译

世界上有这么一类人，他们数量很多。

他们把一些抒情诗甚至是昨晚刚刚演过的戏剧的评论发到编辑部，把一些文章，甚至是关于道路未铺砌好的文章也投到文学杂志社的编辑部去。

这是他们第一批源于灵感的创作，也是他们迈入文学的第一步……每天编辑部的工作人员都会把各种来稿堆放到编辑的桌子上，以便明天把它们从桌子上收走，并和剪完的废报纸一起扔进远处的垃圾箱。

这类人就是刚步入文坛的新手。

他们之中的每个人都极富有个性，每个人都具有自己独特的写作手法和对创作主题的把握，他们对作品风格有自己的要求，主要是对出版者的要求，他们靠那些寄来的厚厚的手稿或者在打着格子的纸片上写下的诗歌作品来打动编辑部人员。

您来读读这些作品吧。读了这些作品您会感觉编辑部就是一个巨大的停尸房，您可以舒舒服服地在其中一张桌子上躺着。他们的诗歌就像和死人告别一样。

如果每一首诗歌不是直接献给“卡捷琳娜·尼古拉耶夫娜·马努辛娜和她的家人”的，那一定就是献给“克谢尼娅·M”或者“亚历山大·П”的。[①]

他们的诗歌总是以优美的韵律和奇特的内容开头，比如说：

月亮在云中游走，
老花园安静地打着盹儿，
繁星从夜空中划过，
我心中已满是忧伤。

这些新手经常模仿那些文坛老手，开始在诗歌创作中大量使用具有异国情调的内容。

当这些新手把关于自己个人生活或情感经历的四十二页中篇小说寄来时，只有天使一样的编辑才会有足够的耐心把如此悲伤、如此繁杂的小说读完，哪怕能读到一半：

阿尔谢尼走到那扇打开着的，朝向花园的，在晴朗的、满面流着泪水的夜空下酣睡的花园的窗前。

① 卡捷琳娜·尼古拉耶夫娜·马努辛娜、克谢尼娅·M、亚历山大·П 均是诗歌中提到的人名。——译者注

更麻烦的是，如果这个新手还善于使用华丽的辞藻，那么他一定要使用那些形象又生动的比喻：

阿里阿德娜走起路来是那样轻盈，又是那样有力，就像遥远的非洲斑马正在跌倒一样。她长着一个玛瑙似的惹人注意的脖子，长着像挪威捕鲸船一样的长睫毛，而她那张本就彰显活力的脸，就像墨西哥人身上带着的一支卡宾枪。

更麻烦的情况是，这个新手自己找到编辑部。大多数情况下他会表现得很胆怯。进门后，他会很紧张，会握住门卫的手打招呼，会把门卫当作编辑部的秘书。然后他会把自己的手稿交到一个偶然跑过来的打字员手里。他误把封面设计室当作接待室，最终会坐在女翻译的办公室里等待编辑，而且还会和女翻译没完没了地聊起来，打扰人家的工作。

当他被领进编辑室的时候——这个对每个写作新手来说都像净土一样神圣的地方，他会用一只颤抖的手把放在兜里很久的一封信或者是从糊墙师傅那里拿来的一张账单当作自己的诗歌作品呈递给编辑。

他还要求编辑马上就审他的手稿，哪怕这可能会让编辑三天不吃饭、不喝水、不睡觉、不休息。

您想对一个写作新手解释他的诗歌或手稿不适合出版这件事情——那是不可能的。因为您首先需要连续四十分钟跟他说，他是多么有才华，他一定是有天才般的父母，他一定是长着与列夫·尼古拉耶维奇·托尔斯泰一样的大脑门，而且，他的天赋一定会让同时代的作家感到汗颜。只是他这次拿来的手稿不太好而已。

您想跟他解释“针”和“平底锅”这两个词完全不押韵，而且也是风马牛不相及的；或者您想告诉他，如果他的小说中的女主人公本已打算上吊，却又跑到陡峭的悬崖上跳河自杀是极其不合乎情理的，这些都是无法跟他解释清楚的，他是不会明白的。

他会由于难以接受的屈辱而双手颤抖，眼泪夺眶而出，像一个无端受辱的人一样离开您的办公室。在前厅里，他会用脚伸进别人的鞋子里；他会一直用双手握住帽子，尽管在此之前的半小时，他还坚定地认为，这个被某个闲人发明的小东西是应该戴在脑袋上的。

“哎，”他会嘀咕着说，“算什么文学评论家?！还说我的诗没有韵律……一群混蛋！”

到了晚上的时候，在某个偏僻的酒吧里，一群失意的人聚在一起，诉说着各自的委屈。

“小圈子就是这样形成的。他们就像蛀虫一样毁灭着国家……扼杀着天才！”

夜里，文坛新手趴在桌子上似睡非睡，若有所思地撩起长发，在纸上写道：

她昨天来到我这里。

那样悲伤，那样野蛮；

我坐在窗边等候，

而鸽子羞涩地叫着、唱着。

后者

张贤 译

多年以前，普希金出门时想起自己忘带那块干净的手帕了。

回到家之后，他经过一番徒劳的寻找，最终也没能找到手帕。于是这位伟大的诗人便在桌子上留下了一张便条。因为普希金只以诗歌的形式写作，所以这张简单的便条也被诗人写成了像《叶甫盖尼·奥涅金》那样响亮动听的诗句：

NN！希望你来的时候顺便给我带来一块手帕！
我会非常感谢你，永远不会忘了你的帮助。

收到这张字条的人NN也没有找到他的手帕，但是在字条的上面也以诗歌的形式写出了自己的请求，因为在普希金时期，即使是散文也要写成诗歌的形式：

啊，普希金啊！体谅一下你的朋友吧，请留给你的仆人七卢布吧！

两天的时间里，桌子上的那张便条不断地出现一行又一行新的留言：

“我来过你家了。明天我们一起去D家，好吗？”一个不留姓名的人在便条上写道。

“好主意，”普希金在便条的一角上写道，“雷帝[①]、禁军士兵、森林、长篇独白、民众、音乐。”

“我来过了，明天还来。”另一个未署名的人写道。

一个无聊的客人在便条的背面画了一只山羊。鲁莽的仆人在打扫房间时把便条当作垃圾扫了出去，之后把它连同其他废纸拢在一起拿给女仆生火用。

便条上那只画得栩栩如生的山羊引起了一个女仆的注意。于是她捡起了这张便条，并把它放在了她认为重要的一堆纸当中。

命运往往总会捉弄人。后来女仆出嫁了，八十年之后，这个女仆的孙子——一个小地方的兽医在整理祖母的遗物时，在一个焦糖盒子里摆放得工工整整的物件当中，找到了一张带有伟大诗人签名的便条。

两周后，便条被传到了两位普希金研究者的手中，他们被许多人小心翼翼地称为普希金研究鉴定专家。这项技能是祖辈传下来的，他们又把这项技能传授给了自己的儿女。

“依我看，这张便条是普希金写的，”其中一个看完这张便条后自信地

① 雷帝是伊凡雷帝的简称，也是伊凡四世的别称，他是俄罗斯留里克王朝首位沙皇。——译者注

说，“你看，他的姓写得多像啊——普希金，还有年份也符合……”

“你看，再说就凭便条上这只山羊也能看得出来，”另一个人附和道，“除了《波尔塔瓦》的作者，谁还能画得出如此普通的动物呢？”

“另外，还有这诗中的韵律——我来过你家了。明天我们一起去D家。”

“这好像是散文……”

“这是散文吗？但是，你知道……此处的结尾甚至不是诗人写的——今天倒霉的是我，而明天倒霉的可能是你……你听到了吗？”

“怎么，难道我不是普希金研究鉴定专家吗？我听着呢！”

“我们是否要补充点儿什么呢？”

“我们再创作一个吧！”

“把它出版了？”

“难道你觉得我是个百万富翁吗？你认为我口袋里的钱多得能买得起一栋别墅吗？你认为我敢去赌一把吗？”

大约一个月后，在一本大量刊登著名诗人未完成诗歌的杂志上，出现了一首普希金的未出版的诗歌作品。出于对原作者的尊重，这首诗被称为遗著。

这首诗经过加工润色之后，大致变成了这个样子：

NN！希望你来的时候顺便给我带来一块手帕！

哦，普希金！可怜一下你的朋友吧，请留给你的仆人（更改方案：给仆人）七卢布吧！

我来过你家了。明天我们一起去D家。

我们两个人将如影随形。

禁军士兵，雷帝——题目是这个。

森林，长篇独白，民众。

我来过了，还会再来。

玩耍，投掷，碰运气，散步。

对于诗歌本身几乎是没有争论的。但是一些人根据便条上画的山羊固执地认为这首诗是莱蒙托夫所作，因为莱蒙托夫曾去过高加索，那里有很多山羊。普希金研究鉴定专家们什么证据也拿不出，所以不得不让步。

当这些未发表的诗歌被一个票价很高的主题剧院的导演看到时，他的脸色变得苍白，一下子捂住了胸口，倒在了椅子上。“我们真够不幸的，”他只说了一句，“别人一拿到这个肯定会立刻拍成剧的……”

“我们还来得及，”他的朋友一边掩上门一边安慰他说，“我们一口气就能把它改编成脚本。”

“这又不是改编四百零二个分册皮封面的百科词典……我们一起坐下来编，剧本马上就出来……”

他们把这首诗改编成了脚本，搬上了华丽的大型舞台。起初，他们想把它编成一部喜剧，因为画在便条背面的山羊的自由的姿势和手帕的故事足以达到喜剧的效果，但这对怀念普希金来说，似乎不太妥当。所以他们决定把它编成一个完整的历史题材的剧本。

“做舞台布景倒不难，”导演皱着眉头想，“只要请一个好点儿的画家就行。第一幕的所有情节都以手帕为背景；第二幕只需要安排一个幕布下的早餐；第三幕的独白表演需要设立一个绿黄闪变效果的背景……第四幕嘛……要么放一只活的山羊做舞台背景，要么用一张伊凡雷帝的照片……”

人们遵照普希金的意图重新写了剧本。剧本的内容十分鲜明，关于这一点，导演本人在接受记者采访时不止一次地提道，剧本充分反映了天才诗人的创作风格。

舞台上，一个年轻的禁军士兵以独白的形式表演了丢手帕的情节。这时出现了一个戴着面具的陌生人，他说因为手帕，已经有人给了他七卢布，否则他就得去D家。舞台后面有一辆汽车的马达发出了号角一样的声音，坐在前几排的观众甚至还闻到了汽油味儿。禁军士兵不同意支付这笔费用，就朝森林的方向走了，在走之前，他召集了一大群人，并对他们宣布：他要把这七卢布留给自己的仆人。但是因为实际上他没有仆人，所以山羊就拿走了这笔钱。剧本以装扮成普希金的NN上场为结尾，他最后说了一个简短的句子："我来过你这儿，我还会再来……"

因为没有足够的台词供所有演员表演，所以不得不从其他作者未出版的作品中借用台词。

台词虽然精彩，但往往不符合剧情的发展。

"那曾是一段黑暗的时光，"剧中的男主角激动地说，"当时俄罗斯还很年轻，它鼓足了干劲儿，用彼得大帝的智慧奋发图强……"

女主角还没等他把这句话说完，就自信而愤怒地反驳道："我们都以各种方式学了一点儿东西，所以呢，感谢上帝，我们还是不难表现出我们的教养的……"

最后，第三个人物的出场才终止了争吵，他是导演为了填补结满奇美果实的玫瑰花丛旁边的空位而编入剧本里的，而且这个人在此做了说服众人的简短小结：

"冬天，农民高高兴兴地坐在雪橇上，压出了一条新路。"

其中有一处，由于普希金未出版的诗句太不合时宜，所以不得不从普希金的其他作品中选取材料，剧中的主人公朗读了一大段选自一份日报的一则关于以伟大诗人的名义为酗酒者建一座戒酒所的报道。

媒体对这出戏的观点大体分为不匀称的两派。大部分没有得到首映式门票的媒体，他们谴责布景师和次要角色的幕间休息时间过长；小部分把自己的首映式门票分给妻子和其他亲戚的媒体人，与那些大部分媒体人的评论恰恰相反，他们高度赞扬了这部剧，甚至把诗歌的韵律与《克鲁采奏鸣曲》相提并论。

只有一个校外考生，在读过《上尉的女儿》这部作品的考试题之后，瞬间就变成了普希金的追捧者，他拿着卖了旧教材攒来的十七卢布，来到伟大诗人的墓前，表达了他对这部剧的看法。然后他拿起一张纸，用生锈的铁钉把它钉在栅栏上，在上面写了几个大字：

“这里禁止吐痰。”

尼古拉·古米廖夫

最后一个宫廷诗人

人世间爱的欢愉　献给安娜·安德烈耶夫娜·戈连科

斯特拉迪瓦里的小提琴

尼古拉·古米廖夫

全名尼古拉·斯捷潘诺维奇·古米廖夫（1886—1921），俄罗斯著名作家、诗人，现代主义流派阿克梅派的早期代表人物。他的妻子是同为杰出诗人的安娜·阿赫玛托娃。古米廖夫自1902年开始发表作品，早期诗歌受象征主义影响，后来开始组织阿克梅派，其诗风影响了一代青年。在短暂的一生中，古米廖夫出版有诗集《珍珠》《浪漫之花》《异国的天空》《箭囊》《火柱》等，以及短篇小说集《棕榈树荫》和论文集《关于俄国诗歌的通信》。有人将他誉为“继普希金之后俄罗斯最有才华的诗人”。

最后一个宫廷诗人

夏宏芳 译

我们这个时代的国王是个懒人，较之他的先辈们更加好逸恶劳，他甚至无论如何也打不起精神在退休文书上签字，让为宫廷重大事件撰写颂歌的老诗人回家并给他一份优厚的退休金。老诗人自己是坚决不会主动离开的。

每当王室家族有人出生或死去，外国大使来访或是和邻近强国结盟，在所有的例行仪式结束后，整个宫廷的人都会聚集到王室大厅。这时，老诗人总是眉头紧锁，脸上带着一副不满的神情。他开始朗诵自己的诗歌，那些陈词滥调听起来诡异非凡。可怜那些戴着扑了粉的老式假发的人，在梳着无可挑剔的英式分头和发光的秃顶间显得那么格格不入。朗诵过后的掌声也是出于礼节，虽然只是用戴着手套的指尖在鼓掌，但还是有声音发出来，这对诗歌的褒奖来说就足够了。

老诗人深深地鞠着躬，脸色依然阴郁，眼神沮丧，甚至在从国王手中接过镶嵌着珍贵宝石的、样式普通的戒指或黄金鼻烟盒时也是这样。

盛大的午宴开始后，他摘下假发，与上了年纪的达官显贵们坐在一起，像他们一样谈论着铁路的经营权，最近外事部被偷盗事件，而且对食盐的征税方案也饶有兴致。

按照惯例，老诗人把国王的赏赐上缴国库换回一大笔钱后，就回到了自己既空荡又不舒适的家。这个房子是父亲留给他的。他的父亲曾经也是宫廷诗人，已故的国王把这一职务定为世袭式，就是为了永远保持秩序井然，避免出现喜欢标新立异、爱出风头的人。

房子像他主人的心情一样，忧伤又昏暗。每到夜晚，只有书房的灯是亮着的，墙边的书架上摆放的不是书，而是古老又稀有的鼻烟盒。老诗人是个狂热的收藏家。

很早以前他就结婚了。那时，房子里还能听到女人丝绸裙子的沙沙响声，纤细的小手充满爱意地翻阅着装帧精美的书页，墙上的织花壁毯也艳羡着剪裁轻快的女人罩衫下的粉嫩肌肤。但妻子在这里还没住上一年，就和一个不知名的年轻画家跑了。之后老诗人开始写忧郁的拜伦风格的史诗，借以倾诉复仇的快感。但就在这个时候，国王的远房叔叔死了，宫廷要求就此事写一首挽诗。就这样，他再也不愿去写那些富有诗情画意的长诗了。

岁月就像被束缚在紧绷的制服里的宫廷高级侍从一样严酷、无聊、沉重和压抑。那越来越多的新颖的鼻烟盒是它留下的唯一痕迹。

虽然所有人都知道，暴风雨前暂时的平静越久，暴风雨来得就会越猛烈，但是，如果有人提醒老诗人，他马上要被解职回家，他还是会眉头紧锁，愤怒且鄙夷地回复这些预言，就像回复不合时宜的玩笑一样。

这一切大概是从欢迎西班牙王子的盛大午宴开始的。来宾中靠近老诗人坐着的是前朝的一位显贵——一个老态龙钟、头发花白、牙齿都掉光了的老臣。不知为什么，他对刚刚朗诵的诗歌产生了兴趣。尽管他年迈耳聋，没有听清楚，但还是一直在讲最后一行诗需要修改一下。然后，他嘻嘻地、自顾自地笑过后，说出了一句俏皮话，应该是在他的重孙子那儿听来的，说是已经决定用留声机取代颂诗人。

老诗人不经意地听着，当时他正想参与邻座关于新勋章功能的谈话。如果他没有发现国王正好朝他们这边看，并且还意味深长地笑着，他可能会原谅老人无礼的玩笑。他态度恶劣地回复了老人，午宴刚结束就回到了家里，内心受到了很大的刺激。第二天早晨，他的心里有了一个成熟而坚定的想法。仆人一整天都在跑书店，给他买城市诗人写的诗歌。像从前一样，他对这些诗人的称呼带着鄙视和嘲笑。两个月的时间里，他忘记了鼻烟盒，一直在书房里进行着紧张而神秘的创作。宫廷诗人向自己的弟弟们学习，改变了写作风格。

可宫廷里一切安静如常，谁也没有想到，在城郊阴暗的房子里正孕育着什么。人们继续相爱、争吵、互相崇拜并做出伟大的功绩，但是，他们也认真地思考着关于诗歌作品只是古老的、过于隆重的残余习俗问题。这意义重大的一天终于来临了。公主出嫁，需要颂诗，有人通知了宫廷诗人。

他像往常一样闷闷不乐，不喜欢寒暄应酬。可是，只要细心观察，就能在他嘴角露出的轻轻的坏笑和即将要朗读诗歌而引起的紧张中发现一丝异样。但是，谁会注意到他，谁会关心他的情绪变化呢？年轻人感觉他太老朽，高官显贵们尽管彬彬有礼，但也不屑于把他看作与自己平等的人。

典礼开始，庄严的神父优雅、快速地完成了婚礼仪式，外国使节纷纷躬身亲吻新娘的手。老诗人面色苍白，但是神情坚定地开始了他的朗诵。人群中，大家在不安地低语。甚至常常轻易就被人迷惑的最年轻的宫廷女官也惊讶地抬起头，认真地倾听起来。

为什么朗诵的诗歌是这样的？对风神、苍鹰、神奇的世界的问候在哪里？怎么还有无论怎样粉饰也都不合礼仪的奇花异草？这首诗像坚决为宫廷所不容的城市诗人的作品，而且更加鲜明，富有吸引力。宫廷诗人仿佛突然间爆发出长久被压抑的才能，创作出被他早已疏离摒弃的诗歌。诗句喷薄而出，一句强似一句，节奏铿锵，带有金属的碰撞之声，美好的形象不断地在人们眼前展现，恍如来自未知的、深邃的峡谷中的幻影。老诗人目光如炬，像高空滑翔中的鹰的眼睛熠熠生辉，他的声音也如鹰唳般惊空遏云。

简直是胡闹！当着国王和所有王公大臣的面，敢朗诵这样的诗！谁也没有足够的勇气鼓掌。侍从们尴尬地拍了几下手掌，年轻的士官生摆出一副过于庄重的神情，窘迫的女士又惊又怒地扬起细细描画过的眉头。国王不满地将已经备好的奖赏——宝石戒指放到了一边。

没等仪式结束，宫廷诗人就听到最高文官在命令秘书准备好他的退休文书。他孤身一人走出大厅，周围人纷纷避让，就如同他感染了鼠疫一般。

但是回家是多么甜蜜。他只想一个人静静地待着。他骄傲地在大厅里走来走去，时而高声吟诵着自己最后的诗作，时而戏谑调皮地冷笑着看一眼城市诗人的诗册。他知道，他不仅与他们比肩，甚至超越了他们。他渴望着与人分享这份快乐，于是给自己的妻子写了一封信——分手后的第一封信。他十分庄严地写道，终于没有人给他鼓掌了，他退休了，并附上抄好的诗，最后带着明显的自豪写道："这样的一个人，你却抛弃了他！"

人世间爱的欢愉

——献给安娜·安德烈耶夫娜·戈连科

夏宏芳 译

就像阿利盖利·但丁[①]对著名的弗里科·坡提马里的女儿——被女友们称作温柔的贝雅特丽齐[②]燃起的爱火一样，佛罗伦萨满怀崇高的热情见

① 阿利盖利·但丁（1265—1321），13世纪意大利诗人，欧洲文艺复兴时期开拓者之一，著有长诗《神曲》。——译者注

② 贝雅特丽齐，《神曲》中的人物。——译者注

证了另一种爱，这份爱带来的欢乐与悲伤并非发生在冰冷的天际，而是在鲜花盛开的意大利土地上。为了那些迫于上帝的旨意而无法见证这一美妙爱情的人，我就只讲述一些我所知道的，关于高尚的吉多·卡瓦尔康帝[①]和窈窕淑女普瑞玛维拉的爱情故事吧。

一

在饱受漫长的痛苦而又甜蜜的暗恋的折磨后，卡瓦尔康帝终于下定决心向高贵的女士——温柔的普瑞玛维拉表露自己的心声。他给她讲了一个自己虚构的故事。真情若是在巧妙的谎言编织的网下揭开，也只会像女人的手一样，即使戴满了威尼斯大师设计的精美昂贵的戒指，也依旧暗淡苍白。

终于有了这样一个机会，太好了！一向机灵过人的好友这次打算帮他，他安排卡瓦尔康帝去拜访自己的朋友，这个朋友也是普瑞玛维拉的近亲。卡瓦尔康帝正巧看到两人在他们家里的一个厅内交谈。于是，为了不引起任何怀疑，他请求大家允许自己讲述不久前刚读完的那个令他大开眼界的骑士故事。他的朋友焦急又迫切地渴望倾听这个故事，而普瑞玛维拉则垂下眼帘，微笑着表示出自己的愿望，她的举动完全不同于那些精神品质低下的人，再次展现了出身高贵的人才具有的完美礼节。

卡瓦尔康帝开始讲述一位骑士深爱一名女子的故事。这名女子不仅对骑士的心意视而不见，甚至还说完全不想与他碰面，既不想在家乡的街道

① 吉多·卡瓦尔康帝，意大利诗人，游吟歌手，但丁的好友。——译者注

上与他偶遇，也不想在展示美貌的女士聚会上相见，甚至在教堂做弥撒时也不想与他共处一室。这位骑士心里的痛苦似乎已经堆山填海。他悲伤地将自己藏在一个遥远的城堡里，以此来排遣令他痛苦万分却又无法说出口的爱情。他请著名的艺术家用金子和象牙制作了一座美丽的女子雕像，他的心里满满的都是对她的爱恋。孤独的日子漫漫无际，有时像栖息在城堡窄窗上的猫头鹰一样悲伤且思绪重重；有时又像栖居地下的蛇，阴险且恶毒。从清晨到深夜，这个可怜人一直弯腰欣赏着冰冷的雕像，空旷的大厅里回荡着他的悲咽声与叹息声。他的嘴里诉说的是温柔恭敬的话语，心心念着的是他挚爱的女人。没人知道，这艰难的岁月过了多少年。眼看着无情冷酷生活中那仅存的炙热之火马上就要熄灭，因流泪而几乎失明的双眼在永恒的夜晚里也许再也不能一睹这温柔的芳容。这时，伟大的爱情创造了惊人的奇迹：有一次，他心情极度郁闷，嘴上正说着一些异常温柔的情话。突然，雕像的手臂颤动了一下，慢慢伸向他并做出让他亲吻的姿势。他的唇吻上了雕像的手，无比的喜悦之情瞬间照亮了他的心灵深处，他站了起来，瞬间感到自己变得勇敢且坚定。他要开始新的生活了，而雕像则一直保持着手臂伸出的姿势。

卡瓦尔康帝声音颤抖地讲述着，他不时含情脉脉地看向普瑞玛维拉，此时的她如贵族少女般低垂着眼帘并细心聆听着。可是，哎！他的计策并未奏效，当他的朋友开始抱怨漂亮的女人总是无情的时候，普瑞玛维拉却说，尽管刚才的故事是那么引人入胜，但是相比于骑士小说与爱情故事，她还是更喜欢神学书，尤其是亚西西的方济各[1]的《花朵》。说完这些话，她便优雅地起身离开了，那步伐优美得完全可以用古老诗人歌颂女神步态的诗句来赞美。

---

① 亚西西的方济各，意大利传教士，方济各会创建人。——译者注

卡瓦尔康帝的心既绝望又痛苦，蓄谋已久的计划全部落空。他不想勉强自己强装镇定，便匆匆与朋友告别，并谢绝了他的送别，他只是不想让别人因这无聊的送别而心生烦恼。太阳正在下落，大厅里洒满了落日的余晖。突然，就在大门口，卡瓦尔康帝看见温柔的普瑞玛维拉一个人羞涩地低头看着淡蓝色的大理石地面。“我不小心弄掉了我的戒指，”她的声音比平时更小，“您能帮我找找吗？”当他俯身帮她寻找时，她用泛着淡蓝色血管的纤细小手，好像是不经意般地划过了他的脸颊，并在他的唇边停留了片刻。卡瓦尔康帝还没来得及抬头，普瑞玛维拉便迅速躲到法国橡木大门后了。于是，卡瓦尔康帝明白，他无论如何也找不到那枚戒指，就好像戒指掉进了满是泡沫的亚得里亚海一样，无处可寻。然后，他起身回家，心里感到万分幸福。

二

最近，卡瓦尔康帝经常看到美丽的普瑞玛维拉：要么是在贵族家庭出身的青年们以成为高贵女士的仆人为最高荣誉的贵族聚会上，要么是在礼拜的行列中，要么是在她父母的家中。无论是温柔的目光、沉重的叹息，还是十四行爱情诗，都无法撼动她那颗对爱情漠视的心。那时整个佛罗伦萨都在盛传，来了一位威尼斯先生，他非常迷恋美丽的普瑞玛维拉，宁愿拜倒在她的石榴裙下。这个威尼斯人穿一身颜色像鹦鹉羽毛一样鲜艳的西服，唱那种只适合在小酒馆或者粗野的士兵狂欢时唱的、难登大雅之堂的歌曲，他吹嘘同乡马可·波罗的旅行是个壮举，自己却根本不想参加这样的旅行。一次，卡瓦尔康帝看到普瑞玛维拉接受了那个傲慢蠢货献给她的诗。诗里运用了夸张又可笑的词语来赞美她：她的乳房好比喜马拉雅的雪峰，她的眼神好像鞑靼利亚人的毒箭，她的爱就像大莫卧儿[①]身边的怪兽西谟拉[②]，每天都在吞噬千百人的生命。诗的节律紊乱，韵脚也是错的。但是，卡瓦尔康帝在心情沮丧的时候，心里还是莫名其妙地充满了强烈的嫉妒之情，就像被放在潮湿、破旧的古老地下室里的上等军用钢刀，长满锈迹。

他心事重重，总觉得自己是这个世界上最悲伤的人了。有一天，他沿广场走着，想着要永远离开这儿，去一个遥远的国家，或者用匕首割断忧伤的情思。时值正午，古老的佛罗伦萨小镇的街道寂静无声，好像在打着盹儿，期待夜晚早点儿降临。晚上会有一群优雅、温柔、美丽的女士在此经过，动情的男子们会站在远处，羞涩地垂下灼热的目光。卡瓦尔康帝表情忧郁地在街上走着。突然，他抬眼一看，发现了老乞丐罗伦佐，年轻人都知道这个狡猾的老东西。恋人约会的时候他站岗放哨，如果来了一些自负或者嫉妒的人，他会习惯性地敲敲拐杖发出警告。温柔的女士们只相信他，委托他去给情人送信，与情人秘密幽会。此时，老罗伦佐狡黠一笑，正将什么东西藏在浑身都是褶皱的毛皮外套里。而他旁边站着的普瑞玛维拉正在极力掩饰着自己的羞涩，她穿着连衣裙，亭亭玉立，光彩夺目。

突如其来的嫉妒与多疑像一团火蒙蔽了卡瓦尔康帝的双眼。当他重新调整好自己的情绪时，老罗伦佐已经躲到旁边的巷子后面了，普瑞玛维拉则急匆匆地往家走。两人并未察觉到卡瓦尔康帝的存在。他满腔绝望，脸色惨白地迅速追上普瑞玛维拉。因为害怕被打断，卡瓦尔康帝声音颤抖地开始说，他已经暗恋她很久了，他有多么痛苦，他乞求普瑞玛维拉发发慈悲，说出老罗伦佐要将信捎给哪一个幸运儿。他希望她爱上一个值得托付

---

① 又名“光明之海”，世界上最大的一块粉红色宝石金刚石。——译者注
② 传说中守护“光明之海”钻石的恶兽。——译者注

的人，并发誓如果向任何人透露了这个秘密，自己今天就会死去。

普瑞玛维拉头也不抬地走着，她有些害羞地用纤细的手指捻着香珠串。但当卡瓦尔康帝告白时，她的嘴唇颤抖了一下，脸上泛起了红晕。没等他说完——普瑞玛维拉就开始热忱而又迅速地回答。她惊讶于自己能有寄信的想法——没有哪个贵族女士敢这样做。也只有那不勒斯的流浪歌手，或者卡瓦尔康帝所熟悉的郊区女子敢这么说、这么想了。她不知道卡瓦尔康帝怎么会这么大胆地走向她，甚至向她告白。难道他不知道，对一个贵族女子来说，听到这些话以后会多么让人觉得难堪、下流？她脸上泛着如印度珍珠一般的粉红，没等卡瓦尔康帝把话说完，就迅速躲到自家大门后了。

卡瓦尔康帝因为自己的多疑和毫无理由的嫉妒，感到既羞愧又懊恼。回家途中，他慢慢走着并安慰自己说，任何人都无法轻易靠近这个温柔的女子。他告诉自己，以后不会再用任何眼神和叹息来惊扰她，以此求得她的原谅，弥补自己所犯的错误。老罗伦佐的出现把卡瓦尔康帝从万般思绪中拉了回来。他已经在卡瓦尔康帝家门口像只蝙蝠一样，徘徊了好久。“美丽的普瑞玛维拉给你的信。”说完他就小心翼翼地递上信件，“她付给我一个杜卡特[①]作为报酬。”

三

没过多久，卡瓦尔康帝就病逝了。按照上帝的旨意，他本应该长生不老的。柔美消瘦的普瑞玛维拉哭泣着，眼泪簌簌地滴落到躺在大理石棺

---

① 杜卡特，古威尼斯金币。——译者注

材里的爱人的遗体上。贵族先生们满怀悲伤地回忆着卡瓦尔康帝对意大利诗歌所做出的杰出贡献和孜孜不倦的创新。他们朗诵了卡瓦尔康帝创作的十四行诗、叙事诗和歌颂大自然之美的抒情诗。宁静的佛罗伦萨陷入沉痛的哀悼之中。

圣洁的天使将卡瓦尔康帝引入天堂之门，门上镌刻着闪耀绿色光芒的文字："给您极乐和永恒的幸福，自进入之日起便可永生。"天使说道："我带你去一个地方吧，圣母玛利亚的侍女中有一个如丝云般温柔的贝雅特丽齐，她美到让天使们都惊叹。"

卡瓦尔康帝答道："我该如何感谢你呢，我圣洁的天使？你清楚用什么方式能使我痛苦的心灵得到宽慰。请带我去找贝雅特丽齐吧，请给我勇气，哪怕让我远观她夺目的服饰也好啊，因为她曾经是普瑞玛维拉的朋友。"

天使说道："我可以带你去天堂里的一个银色小树林，那里如太阳照射般光明，像东方的百合一样圣洁的耶稣基督在此经过，他会用温柔的爱亲吻任何一个初次来到他身边的人。"

卡瓦尔康帝回答道："天使，你的恩德简直超出我的预料！我想请求耶稣送我三位来自东方的英明君主带给他的黄金，把它做成镶有花纹的金戒指。夜晚，我会在客西马尼园[1]摘取温和的眼睛里落下的如珍珠般的眼泪，那么当普瑞玛维拉来时，我会有礼物送给她。"

天使说："如果你愿意，我将带你去一个充满力量与荣誉的地方。在那里，被无数崇高的圣灵所环绕的圣父端坐在宝座之上。他头戴金色王冠，身穿金色长袍，脚下的阶梯闪烁着金色光芒。天使可以通过这个阶梯通往人间，

① 客西马尼园，是耶路撒冷的一个果园，根据《新约圣经》和基督教传统，耶稣在上十字架的前夜，和他的门徒在最后的晚餐之后前往此处祷告。根据记载，耶稣在客西马尼园极其忧伤，"汗珠如大血点滴落在地上"。客西马尼园也是耶稣被他的门徒加略人犹大出卖的地方。——译者注

遵守教规的人的心灵则会到达极乐之境。”

卡瓦尔康帝回答道：“如果你想帮我实现内心的愿望，那咱们加快脚步吧，去那个金色阶梯，我要去往人间，到普瑞玛维拉生活的地方。”

斯特拉迪瓦里的小提琴

夏宏芳 译

琴师保罗·别里琴尼正在创作一首小提琴独奏曲。他双唇微动，嘴里哼着调子，一只脚不自觉地打着拍子。他双手细长，苍白得就好像得过麻风病似的，可是这双手力道十足，轻易就能将柔软的木琴弓弄弯。大师的很多学生都害怕这双奇怪的手，那手指就像印度白蛇一样柔韧灵活。

大师在年轻的时候很有名。确实，在美妙的音乐艺术方面没人能超越他。大公们认为能与他结识是一种荣幸；诗人们写诗颂扬他；女人们不在意他的年龄，对他微笑，给他送花，以表达爱慕之情。尽管如此，他背后依然谣言四起，损害着让琴师感到甜蜜又陶醉、如饮葡萄美酒般的名誉。传闻说，他的天赋并非与生俱来，他狂妄放肆，桀骜不驯，不遵循前辈们的古训。无论其爱慕者多么愤慨，也无论其支持者多少次申说这是那些嫉妒之人的诽谤，然而这些流言也有一定的根据。因为琴师从未演奏过弥撒曲，他的演奏激昂猛烈得让人难以置信，甚至可能有遭禁的危险。而且他的身形高大又瘦削，毫无协调与灵巧可言，就像是生活在南部国家沼泽里的忧伤的水鸟。

与普通的音乐家相比，大师的工作室似乎更像是巫师的住所。屋顶是弧形的，用石头砌成，带有别出心裁的弯梁和拱梁，这样更有利于琴声的传播，使得余音绕梁。黑暗的角落里拥挤地摆放着一架巨大的大提琴、一把鲁特琴和几个造型奇特的铁质乐谱架，架子的形状就像法国画家洛兰[①]和卡洛[②]的奇思一样怪诞。

工作室的墙上写满了各种各样复杂的代数方程式，画满了菱形、三角形、圆形等几何图形。老琴师就像一位数学家，解析着自己的作品，把音乐称作心灵上的代数解析。

房间里唯一的装饰品就是一个用上等天鹅绒包裹着的盒子。这个盒子是用来装小提琴的。这把小提琴是著名的斯特拉迪瓦里[③]大师最钟爱的作品，他耗费了整整十年的心血才打造而成的。琴尚未问世，就已经轰动了整个文化界。为了拥有这把小提琴，当权者们争夺不休。法国国王愿意用一头壮驴能够拉动的金子去买这把小提琴，德国教皇愿意用珍贵的帽子去

---

① 克洛德·洛兰（1600—1632），法国古典主义绘画代表画家。——译者注
② 雅克·卡洛（1592—1635），法国铜版画家，发明新蚀刻艺术。——译者注
③ 安东尼奥·斯特拉迪瓦里（1644—1737），意大利最伟大的提琴制琴师之一。——译者注

换。但是大师既不为这些诱惑所动，也不为暗藏的杀机所迫，他将这把小提琴无偿送给了当时年轻且不知名的保罗·别里琴尼，并要求他主严宣誓，发誓自己在任何情况下都不与琴分开。保罗发了誓，他要用生命中最美好的年华去守护它，而琴也俨然占据了他的整个世界，他为了艺术放弃了世俗的一切。小提琴有时像羞涩的未婚妻，有时又像风骚而顺从的情人。在保罗异常白皙的手中，琴声令人动容，时而安静，时而因为琴弓被轻轻触碰仿佛在哭泣。就连热恋中的小伙子们也不得不承认，这旋律比女友的声音还要悦耳动听。

夜深了，这夜晚就像古老的琴师们所谱的叙事乐曲一样，静谧地飘在花园中。夜空中的星星如同风信子红色、蓝色、白色的花瓣散落在空中。夜色渐浓，在高大的威尼斯式的窗前摇曳 慢慢移至拱顶，然后呆立不动了。大师心中焦急，难以忍受的苦闷和这夜色一起不断加剧，它犹如冰冷的细水流，慢慢浇灭了他的创作激情。他的独奏曲前奏完美，激昂上升的曲调立刻与一连串轻快的音符衔接，有相互追赶、相互碾压之势。音符急剧攀升到某一未知的音域高峰，这部伟大的作品将要震惊世界。但在这关键性的高潮部分，大师却无论如何也创作不出来，尽管他的情感足够激昂澎湃、强烈锐利，尽管他的数学运算一贯堪称完美。忽然，一个奇怪的想法像鞭子一样抽打着他的神经，假如创作伊始他的才能就已经到了极限，他已无力再去超越自我，那么这首独一无二的曲目也就无法完成！等待还是自我完善？大师年事已高，而祈祷只有在创作一些简单或虔诚的作品时才能奏效。这就是创作的痛苦，是一切男人真正的宿命。女子分娩时的痛苦与它相比，是那么渺小和不值一提。绝望过后，老琴师满怀热切的期望拿起小提琴，想让它留住转瞬即逝的灵感，拉出大师无法奏出的音符。徒劳！小提琴一如既往温顺柔和地笑着、唱着、倾心演奏着，可是，一旦到了决定性的高潮便戛然而止。仿佛纯种的阿拉伯马，轻轻一拉缰绳就会停下，然后又好像是在安抚它的朋友，请求他原谅自己的不驯服。墙上摆放的骄傲的古代诗人的厚重的书卷正慢慢发黑，它们在怜悯小提琴，又仿佛在提醒人们，艺术应当具有崇高的传承性。但几近疯狂的大师并未意识到这些，他粗暴地将“无用”的小提琴扔到琴盒中。

他躺在床上，辗转反侧良久，迟迟无法入睡。未完成的演奏曲就像可怕的、血红色的老鹰盘旋脑际。终于，甜美的梦境让他闭上了眼，缓解了太阳穴的剧痛，无限温柔地将他带到一条没有尽头的长廊上。长廊通向远方，并且逐渐开阔明亮起来，周围响起那悦耳的、被遗忘已久的声音，耳边是挥之不去的塔兰泰拉舞曲的调子。保罗如释重负，愉快得像蝙蝠一样轻盈地飞翔着。突然，他发现，自己并非孤身一人。他的身旁有个人，可能已经和他并行很久。那个人个子不高，身手灵巧，蓄着黑色鬈曲的胡子，眼神犀利，一副古代画像里演唱爱情诗的德国歌手的模样。他裸露出来的手脚缠绕着由灰色、黑色和粉色珍珠穿成的链子，而他身上穿着的那件设计精美的鲜红色丝绸长袍大概会让君士坦丁堡国王最任性、最受宠爱的情妇都嫉妒不已。

保罗对身旁的人投去信任的微笑，于是，那人开始用温和又不失礼貌的声音讲道:“别害怕，我可敬的大师，我尊重那些值得尊敬的艺术工作者。人们称呼我为黑暗的统治者和罪恶之父时，我觉得他们是在奉承我，因为我只是美丽之父，一切美妙事物的热爱者。当该隐[①]了结了天上的恩怨时，他想要创造一个世界。于是，我就成了他艺术事业的支持者。是我教会了他用诗的节律来改变贫乏的词语，教会他用锋利的金刚石在象牙上雕刻出

① 该隐，《旧约》中的人物，亚当之子，杀了自己的兄弟亚伯。——译者注

人和动物的形态，教会他打造乐器并使用它们。在黎巴嫩山上茂盛的雪松下，我和该隐和着清风，弹奏着美妙的曲子，微风送来了田野的芬芳。南方巨大的星星像眼睛一样一眨不眨，夜空清澈，阴影飘散，犹如巨大的黑蝴蝶抖落翅膀上的粉末一般。视野向下，红额羚来到了潺潺的溪水旁，它优雅地抬起头，久久地，仿佛在倾听着什么，然后开始畅饮如月光般皎洁的溪水。我们一边弹奏一边欣赏着周围的美景，之后，世界就再也听不到这种音乐了。俄耳甫斯[①]弹奏得很好，但他满足于微小的成就。当石头听了他的曲子流泪、懒惰的老虎被驯服以后，他便不再精益求精，他觉得已经达到了艺术的巅峰，而实际上才勉强抵达山脚而已。只有希腊人会赞叹他，希腊人外表太过美丽，难免内心空虚，表现得愚蠢。后来就越来越凄凉、可悲，人们已经忘记了这美妙的艺术之音的存在。我研究过逻辑学，参加过哲学辩论，与高尔吉亚[②]交谈过，有时甚至沉迷其中无法自拔。我与疯狂的修道士们一起为巴黎圣母院的塔楼构思了一尊雕像，刻画了最美丽的勒达[③]，但后来却被萨伏那洛拉[④]的狂热追随者们烧毁了。我还去过澳大利亚。在那里，我帮助丑陋的长臂人发明了一个非常完美的玩具——回力镖。直到现在，一想起这个玩具我就觉得好笑。回力镖在凶狠的原始人手中仿佛复活了，它旋转着飞出去，打破敌人的头后，再飞回到主人脚边，动作是那么流畅自然。太棒了，它就相当于你们的火枪和迫击炮。

“可是这些根本不值一提，我心里真正想要的是创造美妙的音乐。当斯特拉迪瓦里制成他的第一把小提琴后，我异常兴奋，并且立即给了他力

① 俄耳甫斯，古希腊神话人物，歌手，擅弹竖琴。——译者注

② 高尔吉亚（约前 483—前 375），古希腊哲学家和修辞学家，著名智者。——译者注

③ 勒达，古希腊神话人物，廷达瑞俄斯的妻子，斯巴达皇后，太阳神宙斯倾慕她的美貌并与她生下女儿。——译者注

④ 萨伏那洛拉（1452—1498），意大利宗教改革家，宗教狂热者。——译者注

所能及的帮助。但那顽固的老头连听都不想听任何条件，而是一直向耶稣祷告。关于耶稣，我不想妄下断语。我预见了一些可怕的事情，人们只有用我最心爱的小提琴才能演奏出想要的高难度和声，但并不是为我演奏，而是为他——耶稣。你手里这把小提琴的出现更让我感到害怕。

“像这样拼命工作再有一千年，我就会永远消失在这悲伤虚无的暮色之中。但幸运的是，小提琴落到了你的手里。你不愿等待千年，你不愿包容它的缺陷。今天你完全出于偶然听到了这个旋律，也就是我在那个夜晚创作的曲调。那晚匈奴人玷污了躲在圣方济修道院①墙内的五百个清白的女孩。这是一个成功之作，你要是想听，我把完整的曲子演奏给你。”

突然，陌生人的手中出现了一把琴，琴身漆着暗红色的漆，外观与普通的琴一样。但保罗凭经验一下子就看出，这把琴的琴弓轻巧，按弦板的排列方式特殊，于是，他立即断定这把琴不同凡响。老琴师兴奋极了。

“真是把好琴！”陌生人笑着说道，“但是这把琴就像生着蛋白石色的眼白，双手戴着昂贵的宝石戒指，目光清澈的拜占庭公主一样固执又任性，它随时能创作并演奏出让我都无法质疑的旋律，甚至连我都无法轻松驾驭它。”说完，他就开始演奏。

这旋律就好像是阿芙洛狄忒②在海浪翻滚、泡沫飞溅的海边白色岩石上哭泣着呼唤阿多尼斯③。保罗心里豁然开朗，明白了自己不久前还在苦恼的事情，明白了那些可能会让他苦恼的事情，明白了这世上他力所不及的事情。一切都变了。正午间清风吹来，肥沃的庄稼沙沙作响。金黄的麦穗泛着浅蓝，比谷物更艳丽的也许只有红宝石散发的光芒。艳阳在天空中

---

① 圣方济修道院，位于克罗地亚东南沿海城市杜布罗夫尼克城内，是建于 1317 年的巴洛克风格教堂。——译者注
② 阿芙洛狄忒，古希腊神话中的爱神、美神。——译者注
③ 阿多尼斯，古希腊神话中的男子，爱神阿芙洛狄忒所恋的少年。——译者注

闪耀，仿佛生命树上成熟的果实，鸟儿的啼叫引人注目，蝴蝶在花丛中飞舞。小提琴缓缓拉开，发出了美妙的乐声，这声音环绕着天际与大地，空气中也洋溢着幸福与安逸，它激荡着胸怀，简直让人无法承受。

保罗的心碎了。从噩梦中惊醒后，他眼神忧郁，思绪沉重。梦里听到的旋律有何用处？世界上难不成真有这么一把小提琴，能丝毫不差地重复这段音乐？阴险的恶魔用这支乐曲成功地达到了自己的目的，用复杂费解的言语迷惑了脆弱而贪婪的人心。

可怜又可爱的斯特拉迪瓦里小提琴啊！在不恰当的时候，大师将你交予保罗·别里琴尼的手中，你如此乖巧地传递人类各种崇高的思想感情，用人类的语言与他们交流，对于无法逃避的事情，你屈服并做出不必要的牺牲！可悲，人类战胜物欲的神圣时刻将再一次远去。

老琴师保罗·别里琴尼像老虎一样蹑手蹑脚，悄悄地靠近那个珍贵的盒子。他小心翼翼地取出这个忠贞的“伙伴”，第一次发现它有瑕疵，他痛苦地垂下头。但一想到要把琴交给别人，老琴师就嫉妒得发狂，浑身都颤抖了起来。不行，谁也别想再触碰这把心爱却无能的琴。他用鞋跟疯狂地踩踏着，小提琴被踩碎，发出轻声的呻吟。

听到声音后，学生们跑了进来，他们将失去理智的大师送去了疯人院。疯人院坐落在城郊，黑暗又阴森。每晚都能听见尖叫和怒吼，看守员外衣下套着铠甲，以防突如其来的袭击。疯子保罗就住在阴暗狭小的地下室里。他觉得自己的手上满是鲜血，于是，他把双手放在粗糙的石墙上蹭来蹭去，再把用来饮用的水浇到墙上。五天后，看守员发现了大师，他是渴死的。当天深夜，他们就将尸体埋入沟中，就像所有没有向上帝忏悔就死去的人一样，大师被草草地埋葬了。

最好的斯特拉迪瓦里小提琴就这样被毁掉了。凶手也屈辱地死去了。

奥西普·曼德尔施塔姆

埃及邮票

奥西普·曼德尔施塔姆

全名奥西普·埃米尔耶维奇·曼德尔施塔姆（1891—1938），俄罗斯诗人、散文家、翻译家、随笔作家、评论家和文学家。他是俄罗斯白银时代最卓越的天才诗人，也是阿克梅派最著名的诗人。曼德尔施塔姆生于华沙一个犹太家庭，成长于圣彼得堡，青年时代在法国、瑞士、意大利和德国游学多年，后重返圣彼得堡攻读哲学并开始发表诗作。他早期的作品受象征主义影响，后转向新古典主义，并渐渐形成自己特有的风格——形式严谨，格律严整，优雅的古典韵味中充满浓厚的历史文明气息，诗评家把他的诗称为“诗中的诗”。出版有诗集《石头》、《哀歌》（1922）、《第二本书》（1923）、《诗集》和一系列有关文学的文章《关于诗歌》，还出版了散文集《时代的喧嚣》（1925）、《埃及邮票》（1928）。

埃及邮票[1]

王莲涔 译

一

我不喜欢卷成筒的、笨重的手稿，有些手稿由于时间久远还沾了油污，看起来像是天使长[2]手里涂了油的号角。

波兰女仆去了圣·叶卡捷琳娜教堂，在那里闲聊和向圣母祈祷。

帕尔诺克晚上做了个梦，梦见了一个中国人，他的身上挂满了女士手包，看起来像戴着松鸡毛的项链；还梦见了美式决斗[3]，参加游戏的人朝

① 埃及邮票曾经在一段时间偶然地被带到圣彼得堡，并被认为是谁也不需要的一种东西。作品主人公的外号是“埃及邮票”，实际上这是非常侮辱人的称呼，因为“埃及邮票”能让人联想到多余的、荒谬的、容易消失的这些含义。根据作者留下的手稿片段，决定给这部作品命名为《埃及邮票》。——原书注

② 基督教《圣经》里七个天使之一，手里持着号角。这部分是作者题词，手稿是为了在作品中引入和犹太教有关的主题。基督教和犹太教都诞生于耶路撒冷，但先有犹太教，后有基督教。——原书注

③ 在俄语中也称为布谷鸟决斗，是19世纪一种流行的游戏。——原书注

着像小山一样高的成堆餐具、墨水瓶和画布进行射击[①]。

我给你介绍一下我们家族的标志——那是一个装满开水的杯子。我喝着带有圣彼得堡胶皮味儿的开水，体会着家族的衰落。时间的离心力把我们家里的维也纳椅子和印有蓝色花卉的荷兰盘子甩得到处都是。除此之外，这里什么也没剩下，三十年就像一场慢慢燃烧的火灾一样过去了。带有法警签条的镜子背面发出寒冷的、白色的光，也像火焰一样燃烧了三十年。

但是，要如何忘却那些和埃及有关的事物呢？厨房、卧室和办公室仿佛历历在目。如何赎罪？想把家具运到科科列夫[②]的仓库，仓库像瓦尔哈拉宫。存放到那儿！[③]搬运工们喊着号子抬起了米尼奥牌三角钢琴，仿佛抬着天上坠落的、涂了黑漆的陨石。蒲包盖在钢琴上，像祈祷时神父穿着的宽大外衣。穿衣镜歪斜地靠着楼梯，从镜中可以看到在广场上参加演习的武器的长度。

从晚上开始，帕尔诺克就把礼服挂在维也纳椅子的背上。他想："礼服挂一个晚上，肩膀和袖窝就会变得平整些。它睡醒了就又精力充沛了，没准儿还做'啥味呢'[④]的梦呢！或许，礼服躺在维也纳椅子弧形的臂弯里就能恢复原样。总之，会有效吧？年轻人那没有骨气的女朋友可能还在想念剧院裁缝家里的三面连在一起的镜子……"试衣间的一个普通的袋子，不知是勇士的铠甲，还是不怎么好看的坎肩，被裁缝艺术家用毕达哥拉斯的粉笔一勾画，就变得平整，且有了生命力。

"去吧，美人[⑤]，去展示你的风采吧！穿上你的礼服，优雅地去参加高

---

① 规则是谁射倒的多谁就获胜。——译者注
② 圣彼得堡著名的商人。——原书注
③ 那时正是非常动荡的时期，为了保护家里的财产，需要将这些家具运到别处去。——译者注
④ 啥味呢是当时比较好的一种布料。——译者注
⑤ 指的是礼服。——原书注

贵的音乐会吧！去做报告吧，去爱吧，去为所欲为吧！”

“哎呀，梅尔维斯，梅尔维斯，你都做了什么啊！你怎么能夺走帕尔诺克的礼服，怎么能把他和他最可爱的姐妹[1]分开呢？”

“他已经睡了吗？”

“睡了！寄生虫 - 穷鬼心疼电费。”

家里穷得连一颗咖啡豆也不剩。

抢婚的习俗早已根深蒂固。

梅尔维斯像罗马人抢萨宾姑娘[2]那样偷了帕尔诺克的礼服。

如果我们用年代来计算，那么卡缅诺奥斯特罗夫斯基大街[3]上的任何一个住宅大概都有几百年了。

管理家务其实是件复杂的事。生活中有无限的可能：考上大学之前可能学会德语字母，在大学里可以吃到金黄的、有腌肥猪肉馅的馅饼。

房间里充斥着易挥发的汽油和不易挥发的煤油混合在一起的、有点儿发腻的味道。房间里最容易着火的地方是厨房，那里堆放着取暖和做饭用的木头。管院子的人通常会用一种类似弹射椅的装置，把木材扔进厨房里。落满尘土的抹布和刷子上还残留着汽油的痕迹。

我们先看到的是一个做木工手工活用的工作台，墙上挂着一张伊利因[4]公司出版的世界地图。

---

① 指的也是礼服。——原书注

② 萨宾战争：罗马城里有很多未婚的男人，邻近部落不想把自己的姑娘嫁给贫穷的罗马人，因为他们很穷。罗马城的创建者罗慕路斯组织了盛大的节日并邀请萨宾部落，还有其他部落的人来参加节日狂欢活动。萨宾及其他部落的人于是带着家眷来参加节日活动，但狂欢时罗马人突然冲向手无寸铁的人群，并抢走他们相中的姑娘。他们尽量抢未婚的，却也免不了抢了已婚的妇女，然后把女方的亲人赶跑（绝不伤害他们）。这些女孩的父亲兄弟极为愤怒，集结人手准备复仇。战争持续了很多年，城主弟提斯领导萨宾人和罗马进行决战时，被抢的萨宾女孩不愿看到亲人们再厮杀，于是纷纷抱着孩子、大着肚子，冲进了战场，双方才停止了战争，坐下来谈判。双方达成协议，罗马城由罗马人和萨宾人共同居住，罗慕路斯和弟提斯并立为王。——原书注

③ 圣彼得堡一条街道的名称。——译者注

④ A.A. 伊利因是俄罗斯第一个地图制图企业的创始人。——原书注

结实的亚麻布纸能让帕尔诺克平静，似乎他能从地图中获得安慰。他用钢笔勾出海洋中的岛屿和陆地。他一边比较着欧亚大陆、非洲大陆（形状像只靴子）和澳洲大陆（不知道像什么）的轮廓，一边将意大利女歌唱家鲍吉奥那次远洋航行的路线勾勒出来。顺着巴塔哥尼亚山寻找南美洲，他还发现了一个岛屿。

童年时代的帕尔诺克就特别喜欢伊利因公司的地图，他对地图的敬畏是发自内心的。那时，他认为地图不是由地理艺术家制作的，而是由上帝创造的。他想象，地球像被渔网罩着的两个大球：一个是蓝宝石色；另一个是赭石色。这两个大球被全权授命：缩小但直观地再现地球上的资源。在他看来，地图是有着丰富营养的药丸，包含着浓缩的空间和距离。

意大利女歌唱家难道不就是怀着这样的感情，准备到年轻的美国进行巡回演出？歌声在地球上飘荡，用美妙的歌声验证并推进了不太成熟的远洋航行技术。

她的巡回演出被安排得满满的，从华盛顿一直到亚马孙，整个美国都为她的演唱所倾倒。她使这条远程航线得以恢复。这次远行就像在冬天开辟第一条雪橇能行驶的道路那样冒险。[①]她是用美元和卢布去赌自己的命。

19 世纪 50 年代让她非常失望。任何美声唱法都无法美化这一时代。20 世纪中期，到处都是低矮的、透过天花板看到的天空，充满烟雾的阅读室，《泰晤士报》和《公报》降下半旗的旗杆。最后，她死在了俄罗斯……[②]

---

① 俄罗斯传统文化中认为，最不可预测、最危险的事就是在冬天的时候开辟第一条用于雪橇行驶的道路。——原书注

② 1852 年从美国回来后，歌唱家被邀请到巴黎和伦敦演出。在巴黎，歌唱家参加了当时最著名的意大利歌剧的演出，得到好评。然后她被邀请去莫斯科大剧院演出，非常受欢迎，大剧院和她签订了合同。巴黎方面也着急和她签订合同，他们计划去米兰和北美的一些大城市演出。于是，巴黎方面和意大利女歌唱家商量，答应给她更高的报酬，意大利女歌唱家于是同意更换角色：她把大剧院的角色让给了对手，而自己去演意大利歌剧。圣彼得堡冬天的天气非常不好，给人的感觉就像在一个充满烟雾的、低矮的阅读室里，异常压抑。糟糕的气候让人感觉提不起精神。她在伦敦和圣彼得堡之间不停地奔波演出。由于天气原因，她得了肺炎，死在了俄罗斯。——原书注

她第一次听到俄语时把耳朵堵了起来。很多单词使她感到痛苦，意大利语中没有的“ы”音使她听起来极其不舒服。

她死后，近卫军骑兵团决定在圣·叶卡捷琳娜教堂为她举行安魂祈祷。近卫军骑兵团的士兵们为信仰罗马天主教的女歌唱家演唱了赞美歌。

她极其高贵地躺在棺材里！[①]真的死了？外交官们参加葬礼时甚至不愿意相信她已经死了。

“就让近卫军骑兵团、宪兵和莫扎特的音乐陪伴她到墓地吧！”

帕尔诺克的脑海闪过巴尔扎克和司汤达小说里鲜活的形象：那些从外省来到巴黎的年轻人，他们想在巴黎生活得更好，在进入富人的房子之前会用手帕擦掉鞋上的灰。[②]他决定拿回自己的礼服。

裁缝梅尔维斯曾住在莫涅特街，就在利才中学旁边。毋庸置疑，他给利才中学的学生们做过衣服，就好像钓鱼者都想在莱茵河钓到大鳟鱼而非小鱼那样显而易见。大家都看得出来：梅尔维斯脑袋里想的根本不是裁缝的事，而是其他更重要的事。亲戚们并不是没有目的地聚集到裁缝梅尔维斯这儿。然而，订货商又惊奇又后悔，纷纷退货。[③]

“有谁会给我的孩子夹奶油的面包?”梅尔维斯边说边用手做了个挖奶油的动作。帕尔诺克在裁缝的房间里似乎不仅看见了“星星”牌[④]奶油像叠在一起的、带着眼泪的花瓣[⑤]，还有一束一束的萝卜。之后，梅尔维斯

---

① 天主教葬礼：在西方信奉基督教和天主教的国家，葬礼一般在教堂举行。在教堂举行葬礼的这一天，亲朋好友手持鲜花或花圈陆续来到教堂。首先由牧师或神父主持追思礼拜，参加葬礼的人按事先安排唱圣诗、奏哀乐、祷告、宣读死者生平。教堂葬礼只是整个葬礼的前半部分，后半部分是在墓地举行。只有死者的亲属、近亲和亲密的朋友参加。人们围绕在墓穴周围，为死者祷告，愿他安息、灵魂升入天堂。——译者注

② 帕尔诺克和小说里的人物有些相似，他想在圣彼得堡生活下去。——原书注

③ 不知道裁缝做了什么让订货商感到奇怪的事，订货商陆续退货，裁缝的生活变得很窘迫。——原书注

④ 革命之前，一个家喻户晓的奶油品牌。——原书注

⑤ 指奶油摆成花瓣状，如果刚从冰箱里拿出来，由于温度变化，奶油上会出现水珠。——原书注

和格鲁森贝格律师很亲热地聊天，梅尔维斯说已经买了律师一月要穿的枢密使礼服布料，还聊到了阿伦的儿子，他是音乐学院的学生。裁缝弄错了[①]，有点儿不好意思，于是钻进隔板躲起来。帕尔诺克站在那里，好像被裁缝梅尔维斯和他的家人遗忘了。

“算了，”帕尔诺克想，“事已至此，可能那件礼服已经没了，可能真的如他所说的，把礼服卖了，卖的钱用来买布料了。”

而且，要是回想一下，梅尔维斯好像一点儿也不记得礼服的样子。他把帕尔诺克的礼服[②]和常礼服[③]搞混淆了，显然梅尔维斯更熟悉常礼服。

吕西安[④]有两件粗亚麻布衬衫和一套很硬的套装。套装是农村裁缝做的，很难看。吕西安在街上吃了栗子，他很怕那个女看门人。有一天，他用香皂泡沫刮掉了胡子，那天是幸运的一天，发生了一些美好的事。

帕尔诺克的目光落到了隔板上，从那后面发出的女低音像蜂蜜那样富有韧性。这个隔板是用画裱糊的，像是圣像壁，但看起来十分奇怪。

第一幅画里的主人公是普希金，他好像受伤了，脸歪斜着，穿着毛皮大衣，被人从四轮轿式马车上抱下来，看起来像个纵火犯。抱着普希金的人根本没注意戴着高帽子的马车夫露出的惊讶表情。看样子他们好像是准备把普希金扔到大门的台阶上。并排的另一幅画画的是在空中的气囊飞艇，上面站着飞行员桑托斯·杜蒙特，他穿着19世纪的衣服，双排扣的上衣还挂着怀表。他站在吊篮中，仿佛是被飞翔的安第斯神鹰抓着的猎物。第三幅画画的是踩着高跷的荷兰人，他迈着仙鹤样的步伐在奔跑。

---

① 但律师说他不可能预订枢密使样式的礼服在一月穿，因为枢密使是二月革命后才由临时政府任命的。结果是裁缝弄错了，律师根本没有订礼服。——原书注

② 节日的礼服，单排扣，类似短燕尾服。——原书注

③ 旧时欧洲男子上身穿的礼服，双排扣，紧腰前襟长及膝，翻领。——原书注

④ 巴尔扎克小说里的人物。——原书注

二

圣彼得堡适合约会的地方实际上并不太多。那些有悠久历史的地方、碧蓝的海边或涅瓦河河畔都很合适。这些地方都被用十字形图案标出，因为在圣彼得堡市地图中有非常多的花园和如同纸板一样笔直宽阔的街道。可能它们在历史的长河中发生着变化，但在一个时代结束之前，就像人在死之前，如果体温恢复到 37.3 摄氏度，会出现回光返照一样，就像晚上干净的涅瓦大街有轰轰作响的、巡逻的消防车队一样，约会的地方屈指可数。

第一个地方是茵热涅尔公园的后古典主义亭式建筑，在那里，任何人都会不好意思地向里面张望，无缘无故地、情不自禁地唱起意大利咏叹调；第二个地方是大学对面的底比斯狮身人面像；第三个地方是一个不太吸引人的拱门，位于嘎列尔街口，它甚至不能避雨；第四个地方是夏园侧面的一条路，我忘记了它的具体位置，但任何知道的人都能毫不费力地指出它的位置。就这几个地方适合约会。大概只有精神病才会挤到青铜骑士像或亚历山大石柱那里约会。

帕尔诺克就住在圣彼得堡，他穿着漆皮皮鞋，保安、看门人和女人都鄙视他。早春时节，他沿着还没干的人行道奔跑，由于皮鞋的缘故，他走路时发出咯噔咯噔的声音，听起来就像羊在跑一样。

帕尔诺克想在外交部做一名翻译，他想说服希腊方面做出冒险的一步，即签署备忘录。

他回忆起二月的事[①]：全城的人都往榨油厂那儿运送大量质量很好的、河底的大冰块。冰块有各种形状，特别大，特别重。巨大的冰块被装在铺

① 这里实际上是指二月革命事件。——原书注

满翠绿色针树枝的平板雪橇上，好像一个希腊女孩躺在敞开的棺材里。黑色的雪在脚下坍塌了，但树还矗立在已经解冻的、温暖的大地上。

野蛮的抛物线让帕尔诺克想起穿廊式房间（门呈直线相通的一长排房间）。①

会有人帮你摆脱可怕的丑闻。你会耻辱地被人抓着手带走！从交响乐大厅，或从艺术保卫者协会、室内音乐爱好者促进会被带走，也可能从佩列普列特尼科女士的沙龙上被带走。不清楚从哪儿，但是会被带走，有人会说坏话，会让人觉得很丢脸……②

帕尔诺克产生了幻觉，似乎，他确信，某个时候，一个男孩溜进了会议大厅并打开了灯。灯泡像废弃的蜂巢，一嘟噜、一嘟噜的，带有水晶冰锥装饰的蜡烛形状的吊灯突然冒出火光，涌进强烈的电流，灯光刺痛了他的眼睛，他流泪了。

迷人的、刺眼的、自私的光。

帕尔诺克曾经非常喜欢仓房和里面堆放的劈柴。在冬季，干燥的柴火是有回音的，又轻又空。干燥的桦木是柠檬黄色的，重量和一块冻鱼差不多。他能感觉出柴火的好坏，仿佛手里的柴火是一个活物。

童年时，他总是关注那些无用的事，他把有轨电车低微的声响想象成一个大事件。到了谈恋爱的年龄，他试图向姑娘们讲述这些，但没人能理解他说的话。为了报复，他要么高谈阔论，要么讲一些野蛮的或是没人懂的鸟语。

沙皮罗是姓，名字是尼古拉·达维德奇。为什么叫尼古拉，谁也不清

① 这句话的意义并不重要，这里作者主要是显示语音重叠，如 парабола（抛物线）、парнока（帕尔诺克）、параными（阅兵的）。这些主要是和上文的各种形状的冰块相关，都是和圣彼得堡的建筑物相关的一些主题。——原书注

② 似乎有人对帕尔诺克说话。——原书注

楚，但和达维德奇搭配就能使我们着迷。"自我介绍一下，我叫达维德奇，也就是沙皮罗。"他鞠躬，缩着脖子，向另一个叫尼古拉的俄罗斯人借钱。

沙皮罗完全依赖着我父亲生活。他每次都在办公室里坐很长时间。那里有油印机和一把柳思牌单人扶手沙发椅。都说沙皮罗是个诚实的人，是个"小人"。我也不知道为什么那么确信，"小人"花钱从来不超过三卢布，他一定是住在别斯克街。尼古拉·达维德奇[①]的脑袋有点儿大，体形不匀称，是个善良的客人。他不停地搓着手，惭愧地笑着，像一个送信的人被允许进屋那样不知所措。他身上有很重的裁缝店熨斗的味道。

我坚信，沙皮罗是诚实的人，并因此感到高兴，甚至偷偷地希望：除了他，任何人都是不诚实的。社会地位比沙皮罗更低的是搬运工。这是些神秘的、走得快的人，通常会有人委派他们去银行或去卡普兰[②]的仓库。沙皮罗和搬运工都知道存在一条能到达银行和卡普兰的仓库的秘密路线。

我喜欢沙皮罗，因为那时我父亲需要他。他住在别斯克街，也称糖街[③]，周围是一些穷人妻子的内衣作坊。我脑袋里萦绕着一个想法：一定有人依赖沙皮罗活着。我害怕别斯克街刮起龙卷风，卷走他的妻子和孩子——这里唯一缝制内衣的女裁缝和嗓子有脓包的孩子，就像刮走羽毛或三卢布那样不费吹灰之力。

夜晚，在蓝色的灯光下，帕尔诺克躺在铁丝网床上迷迷糊糊地想：该拿沙皮罗怎么办？是把骆驼和一盒沙枣送给他，别让他饿死在别斯克街，还是把他和他的妻子一起送去有金丝桃香味、被烟熏得发黑的喀山教堂？

这世上存在一门神秘的徽章学。我们从小时候起就形成了这样一系列

① 沙皮罗的名字尼古拉，指代的是沙皇尼古拉一世。——原书注
② 卡普兰是圣彼得堡皮货仓库的主人，是著名商人。——原书注
③ 俄语单词 песок 的发音类似别斯克，而词组 сахарный песок 的意思是砂糖，所以孩子们把别斯克想象成糖，将别斯克街称为糖街。——原书注

的联想：撕裂的麻布代表诚实，细平布的寒冷象征神圣。[①]

理发师拿着装满肥皂水的锥斗给帕尔诺克洗头，在头顶揉搓褐色、微凉的液体。已经谢顶的帕尔诺克还经常去参加斯克里亚宾的音乐会。帕尔诺克在黑暗中感觉头顶发凉，一下子就精神了。他打了个寒噤，拽了拽衣领，说："圣母玛利亚，心疼一下您的儿子吧！"

"不烫吧？"理发师问帕尔诺克，紧接着用装有热水的喷壶往他头上浇热水，帕尔诺克舒服地眯起眼睛，然后把头往大理石洗手盆里又伸进去一些。

在蓬松的毛巾下他瞬间感觉暖和了。

帕尔诺克是更早时候人们建立的浪漫规则[②]的牺牲品。

用直纹纸，我的老爷，用带有水印、磨破边的英国直纹纸，帕尔诺克通知女朋友说，米利翁大街、海军总部和夏园那里又有音乐会[③]。这种地方让他感到像给钻石抛光一样紧张。

建筑师们在交流关于艾尔米塔什里博物馆中女士雕像的意见时，或在表达同情和尊敬[④]时，用的就是这种纸。

要知道，世界上有这样一种人，他们从来不得比感冒更危险的病。而现在他们又多了一个爱好：热衷于跳科季里昂舞[⑤]。这些人从来不认为自己是成年人，三十岁了还因为某人感到委屈，还不断从别人那儿索取。其实从来没有人特别溺爱过他们，但是他们是被惯坏的，好像他们每个月都

---

① 撕裂的麻布——裁缝——内衣女工——沙皮罗——诚实；睡着的孩子——触碰的感觉——沙皮罗关于《神圣家庭》的想法——神圣。——原书注

② 当时流行的规则是谈恋爱时应该邀请姑娘去音乐会。——原书注

③ 这三个地方是恋爱的人约会的地方，表示现在处于约会阶段。——原书注

④ 古时建筑师之间用这种纸通信，告知对方有什么建筑又消失了，表达同情或尊敬。作者在这里用的是双关的手法，кариатида（女像式柱）的发音和карта(地图）接近，使读者通过语音联想到作品的名字。——原书注

⑤ 19 世纪流行的一种舞蹈，是卡德里尔舞的一种变体。——原书注

吃到了沙丁鱼罐头和巧克力。[1]这些游手好闲的人，只知道象棋的走法，却坚持要加入游戏，仅仅就是为了想看看接下来会怎么样。他们可能一辈子都住在好朋友的别墅里，他们一边听着阳台上喝茶的声音，茶炊的周围摆放着小圆面包，一边与卖螃蟹的售货员和邮递员交谈。我想把他们聚集在一起，把他们送到谢斯特罗列茨克小城[2]，因为现在实在没别的地方可以安置他们了。

帕尔诺克是卡缅诺奥斯特罗夫斯基大街的人，该街道是圣彼得堡最不负责任的一条街[3]。在 1917 年二月革命后，这条街道变得更不靠谱了，这里有蒸汽洗衣房，有卖可可粉的格鲁吉亚商亭，要知道可可粉已经很久都不许卖了，还有突然开进来的临时政府的汽车。

既不要向右也不要向左，有轨电车到不了的地方什么也没有，荒凉又偏僻。那时，卡缅诺奥斯特罗夫斯基大街上已经有有轨电车了，而且跑得非常快。卡缅诺奥斯特罗夫斯基大街像个轻浮的美男子，穿着浆洗过的仅有的两件石头衬衫[4]，从海边吹来的风吹过有轨电车的头。卡缅诺奥斯特罗夫斯基大街像无业的年轻人，街道两边的房子像洗衣女工装衣服的空袋子。

三

帕尔诺克叫住了没胡子的神职人员尼古拉·亚历山大维奇·布鲁尼神

---

① 战时食品短缺，人民委员会每个月都定量发放给科学工作者、文学家和艺术家一些高级食品。——原书注

② 在圣彼得堡的西北方向，距离圣彼得堡三十五公里，有个疗养院，环境不错。——原书注

③ 这条街上住着一些游手好闲且轻浮的人，所以被认为是圣彼得堡最不负责任的一条街。——原书注

④ 两件石头衬衫象征着街道上的石头房子。——原书注

父：“麻烦您随我一起！”尼古拉·亚历山大维奇·布鲁尼神父是从科斯特罗马调过来的，看起来似乎还不太习惯自己的教袍。神父手里拿着一个袋子，里面装着磨过的咖啡。

帕尔诺克抓着神父柳斯特林薄呢教袍宽大的袖子，像船长开船那样领着他往前走。和布鲁尼神父沟通很费劲。帕尔诺克认为他像个女人。

克伦斯基统治时期，政府终于召开了柠檬水政府①会议。

所有人都在为参加科季里昂舞会做准备。那时人们似乎以为会永远这样，像戴着红色蝴蝶结的猫。②

但是擦皮鞋的亚述人已经开始感到不安，就像乌鸦害怕日食、医生害怕丢了工具那样不安。

我喜欢牙医，因为他们热爱艺术，因为他们有丰富的知识，因为他们有足够的耐心。我喜欢有罪的人，喜欢钻牙机发出的嗡嗡声，钻牙机是飞机在地球上可怜的姐妹，像蔚蓝天空的船舷。

看到布鲁尼神父，姑娘们非常害羞。年轻的布鲁尼神父看到女人的巴蒂斯特细纱内衣，同样也感到非常不好意思。而帕尔诺克只有假借国家教会管理部门③的名义才敢和洗衣房的女老板争吵。

那是一段可怕的时间：裁缝们找个理由就非法占有别人的礼服，而洗衣工们更是以丢了取衣票为借口，私吞年轻人的衣服。

布鲁尼神父袋子里磨过的穆哈咖啡的气味使暴跳如雷的女房东的鼻孔很痒。

帕尔诺克和神父进到了洗衣房的深处，看到那里有六个叽叽喳喳的姑

---

① 被称为柠檬水政府，意思是不严肃、不认真的政府。人们并不经常喝柠檬水，只有夏天特别热时才会喝，所以用它来形容临时政府。作者在这里第一次清楚地说明了故事发生的时间。——译者注

② 那时圣彼得堡人都流行戴红色蝴蝶结，无论是战士、学生、军官还是将军都戴着红色蝴蝶结。所有人都认为那样穿是时髦的。——原书注

③ 神父是国家教会管理部门的代表。——原书注

娘，她们在打褶子、熨烫衣服。嘴里含了一口水后，顽皮的洗衣女工把水喷到细棉布和巴蒂斯特细纱的衣服上。女工们一边聊天，一边轻松地移动着笨重的熨斗。桌子上随便堆放了很多衣服在等着熨烫。熨斗在姑娘红色的手指间来回移动，像装甲舰在海上游弋，而姑娘不停地往衣服上喷水。

帕尔诺克认出了自己的衬衫：它被平放在架子上，凸纹布做的胸部饰品非常耀眼，衬衫被熨烫得很平，礼服上有很多佩针，衬衫条纹布的颜色像成熟的欧洲甜樱桃。

“姑娘们，这是谁的衬衫？”

“骑兵大尉克日扎诺夫斯基的。”姑娘们虚伪、无耻地、异口同声地回答道。

“神父！”神父站在充满雾气的洗衣房里，看起来充满威严，蒸汽像家里挂衣架上的灰尘一样落在教袍上。女房东对神父说：“如果你认识这个年轻人，就和他说说吧！在华沙我也没见过他这样的人。他们总是带给我窘迫，但请让他们和他们的窘迫滚开……他们甚至晚上从后门爬进来，好像我是天主教的司铎和助产士一样[①]……我又不是精神病，没办法把骑兵大尉克日扎诺夫斯基的衬衫给他。骑兵大尉克日扎诺夫斯基那可不是一般宪兵团的兵，而是真正的中尉，还是警察局局长。革命发生时他只躲了三天，然后战士们主动推选他做团长，他现在是手里有实权的人。”

“这件事已经无法挽回了……”布鲁已神父用恳求的眼神看着帕尔诺克。

我可能给姑娘的不是熨斗，而是轻盈的斯特拉迪瓦里小提琴，还有长长的乐谱。所有这些图案一起让人想起彩色的、雕花的天花板。宽大的衣

① 人们在有需要时可以随时去找神父进行忏悔，任何时间都可以去找助产士帮助接生。——原书注

服像东正教、天主教神职人员的窄腰肥袖的教袍。六个张开的、圆圆的嘴不是圣彼得堡面包圈的孔，而是令人惊奇的帕拉索 - 皮季画廊的名画《音乐会》。

四

牙医把钻牙机的悬臂挂起来，走到窗前。

“哎呀……快看啊!”

成群的人伴随祈祷的沙沙声行进在戈罗霍娃街上。[①]人群中间留出了一块正方形空地。这个通风口里有自己的程序和体系：在中间的空地上有五六个人在演讲，像是队伍的指挥者。他们像军队那样有秩序地行进。他们中间有的人穿着棉制大衣，衣领上还有头皮屑。这个奇怪蜂箱的蜂王就是那个被人群像保护珍珠一般保护着、小心地向前推进着的人。

可以说他们没有脸吗？不，他们有脸，但脸在人群中其实没有意义，只不过是一个个独立的脑袋和耳朵而已。

参加游行的人有些穿着棉制大衣，看起来像衣服架子；有些穿着从阿普拉克辛市场买的廉价衣服，衣服上还有很多头皮屑；还有一些易激动和对残酷的国家机器不满的人。

帕尔诺克想起来了，这些人都是商贩。

阿普拉克辛市场简直就是苗圃，到处是头皮屑、臭虫和竖起的耳朵。可怕的混乱像传染病一样蔓延到谢纳街、穆奇诺伊胡同[②]和莫斯卡捷里胡同[③]。

---

① 很多证据表明，《埃及邮票》这个片段描写的是 1917 年 12 月在丰坦卡河淹死被审判为小偷的犹太人和 1917 年 6 月发生在阿普拉克辛市场的骚乱事件。——原书注

② 阿普拉克辛市场面朝着穆奇诺伊胡同。——原书注

③ 莫斯卡捷里胡同卖各种化学品（油漆、胶水等），邻近戈罗霍街。——原书注

帕尔诺克认为那里散发出大肠的臭味。不知怎么回事儿，一想起“内脏”这个词，他就犯恶心，就想起白天有个老太婆在亭子那儿问他一些有关“肺”的事。实际上，他是因为游行队伍可怕的规矩[①]而恶心。

所有人异口同声地保证：把那些年轻人全部顺利地送到丰坦卡河岸边的鲜鱼市场那儿。谁要是去帮助那个穿着比紫貂还贵的毛领的、不幸的人，谁就会遇到麻烦。因为人们会怀疑他，会宣布他违法，并把他拖到大木槽[②]里溺死。制桶工人正在制作新的大木槽，这太可怕了。

游行队伍保持着庄严队列，像什叶派教徒缅怀侯赛因逝世那样隆重，坚定地向丰坦卡河岸边走去。

帕尔诺克顺着有缺口没人打扫的楼梯滚了下去，留下困惑的牙医面对着钻牙机，像条被催眠的眼镜蛇一样，帕尔诺克不假思索地重复：“扣子[③]是牛血做的。”

时间是胆小的、带翅膀的仙女，像毛茸茸的蝴蝶，年轻的犹太姑娘依偎在钟表匠家的窗户边，姑娘们最好别往外看！

这可不是给安那托利·弗拉克斯举行安葬仪式。插着鸵鸟毛的柩车像棵高大的白杨，像夜晚用来修理有轨电车电杆的、移动的工作塔，而这是准备把那个人从鲜鱼市场扔到丰坦卡河河底。可能是因为他偷了美国制造的手表，也可能偷了乘务员的白银手表，也可能这手表是他自己抽奖得的。

你沿着谢尔巴科夫胡同散步，往质量不好的鞑靼斯坦肉制品上吐唾沫，把肉挂在有轨电车的扶手上，乘车去加特契纳看朋友谢尔盖，去了澡堂，还去了奇尼泽利马戏院。你活着，小人物，对生活很满意！

帕尔诺克先是跑到钟表匠那里。钟表匠像斯宾塞那样佝偻地坐着，透

① 游行队伍在执行私刑，直接就审判，然后把犹太人扔到丰坦卡河。——原书注
② 指的是存放打捞到的活鱼用的蓄鱼栏或大木槽。——原书注
③ 作者在这里引入扣子是想把在总结稿里被抛开的故事线索连上。——译者注

过放大镜在看小弹簧零件。

“您这里有电话？需要提醒警察一下！”

但是戈罗霍娃街上的穷钟表匠怎么可能有电话！他有几个女儿，忧郁的，像杏仁泥做的洋娃娃。他有痔疮，有柠檬茶，有债务，但没有电话。

帕尔诺克没来得及看一眼列穆布拉恩特的犹太人画像和西班牙彩色写生画《山羊皮》，就继续往前跑了。

林荫道被人围得像桶一样水泄不通，正在进行私刑。帕尔诺克跑进戈罗霍娃街一个卖镜子的商亭。众所周知，卖镜子的都集中在戈罗霍娃街。街道上冷清的小吃部倒映在镜子上，蜿蜒的人群像一堆螳螂聚集在一起，倒映在镜子里看起来似乎更可怕。

疑心重的捷克制镜工匠“啪”的一声把门关上了，因为他很爱惜这个从 1881 年开业的“无瑕”商店。

骑兵大尉克日扎诺夫斯基偶尔会出现在沃兹涅先斯基大街的街角，他的胡子是经过染色①的。他穿着军大衣，带着军刀但解开了，和一个女人温柔地低语着。

帕尔诺克扑向他，以为找到了好帮手，请求他抽出武器。

“我尊重这一时刻，”骑兵大尉冷冷地说，“但是，对不起，现在我和女人在一起。”他熟练地搂了一下女伴，发出叮当的声响②，躲到咖啡馆里去了。

帕尔诺克拍了拍漆皮鞋的侧面跑起来，像羊一样踢踢踏踏地跑。他最怕有人不怀好意地注意他。

有些人不知为什么就是不招人喜欢。人们立刻就会注意到他们、挖苦他们，还刮他们的鼻子。孩子们不喜欢他们，女人们也不喜欢他们。

---

① 那时流行给胡子染色，认为这是男人英勇的表现。——原书注
② 骑兵穿着带有马刺的靴子，走路就有金属撞击的声音，叮叮当当。——原书注

帕尔诺克就是这样的人。

学校里的同学给他起外号“绵羊”“涂漆的羊蹄”“埃及邮票”或其他令人感到屈辱的名字。男孩们无缘无故地到处说他的坏话。说他是“去污剂”，也就是说，他知道怎么去除油渍、墨水和其他的污点。他们故意从妈妈那里偷来难看的东西，拿到班级，装作无辜地让帕尔诺克把这些东西上的污点去掉。

丰坦卡河像水神温基娜[1]用剩下几个齿的梳子的演奏吸引了拾荒者和饥饿的穷学生的注意，涅瓦河是小剧院的保护人。小剧院像脱了毛的、秃头的女巫梅尔波梅娜，浑身散发着少女特有的味道。

怎么回事？在埃及桥没闻出埃及的味道[2]，没有哪个正派人会看不见卡林基诺桥。

数不清的、不知道从哪儿飞来的蝗虫染黑了丰坦卡河的河岸、鱼槽、装有木材的驳船、码头和花岗岩的跳板，甚至陶瓷工人的小船上都沾满了蝗虫。成千上万双眼睛看向丰坦卡河，那河水像黑色的石油、像泔水、像色彩斑斓的孔雀尾巴、像煤油一样闪烁。

圣彼得堡自称是尼禄，它像喝了死苍蝇做的稀粥那样令人厌恶。

可是帕尔诺克还是从药店给警察局打了电话，给那个像从水里拖出来的河鲈[3]一样死了的政府打了电话。

他给普罗塞尔皮娜[4]或珀尔塞福涅[5]打电话，同样毫无结果，那里没装电话。

---

① 西欧民间（口头）创作里的水神姑娘，神话人物，综合了德国神话里的自然女神和人鱼公主，以及希腊神话里的江河女神和塞壬的部分形象。温基娜长得很美，常坐在石头上梳头，以吸引男人的注意，让他们掉到海里淹死。——原书注

② 再次提到和埃及有关的事物，作者认为埃及的统治很专制、残暴。——原书注

③ 和上文提到的活鱼市场联系起来。——原书注

④ 古罗马神话中地下王国的女神。——原书注

⑤ 古希腊神话的女神。——原书注

药店的电话是用最好的一种木头做的。这种树木长在蜿蜒的小树林里，散发着墨水的味道。

千万别从圣彼得堡的药店打电话：话筒已经掉漆，声音含混不清。还记得吧，普罗塞尔皮娜和珀尔塞福涅那里没装电话。

帕尔诺克画了一个有胡子的希腊美女，下巴像狐狸那样尖。在很多草稿里，他描绘了阿拉贝斯克[①]，画上的人过着独立、美好的生活。

拉小提琴的人喝着像纸一样白的牛奶。

这是巴贝尔[②]：尖尖的下巴，戴着眼镜。

帕尔诺克是“埃及邮票”。

阿尔图尔·雅科夫列维奇·霍夫曼是外交部希腊事务处的官员。

马林斯基剧院的圆号。

又一个长胡子的希腊美女。

还有空白的地方用来画别的。

艾尔米塔什的麻雀啾啾地歌唱着巴比松[③]的太阳、麻布的彩色写生画、菠菜与炸面包混合的色彩，总之，为补充到艾尔米塔什的弗拉芒派的作品歌唱。

虽然我没收到去参加巴比松早餐的邀请，但我在小时候拆坏了六角皇冠状带缺口的灯，喜欢透过打碎的玻璃片看世界——忽而能看到红的沙土、松林和刺柏，像传染病沙眼一样红；忽而能看到蓝色的泡泡糖，仿佛是其他行星上的；忽而能看到浅紫色的夜空。

妈妈用蛋黄和白糖做成酱，把它浇到沙拉上。

---

① 建筑和绘画里的一种装饰方法，将树叶、颜色、动物和武器组合在一起。——原书注

② 俄罗斯著名作家。——原书注

③ 法国风景画派，他们是第一批直接对照自然写生而不是在画室里创作风景画的画家。——原书注

撕成块的、带筋的生菜，形状像耳朵，生菜在醋和白糖的作用下变软了。

巴比松的野餐：空气、醋的味道、阳光、绿色的抹布、供植物爬蔓的棚架、花玻璃小珠子、灰色的叶子、百灵、蜻蜓和盘子碰撞发出的响声交织在一起。

巴比松的星期天：人们用报纸、餐巾纸扇风，然后就丢弃到地上，草地上撒满了报纸和讽刺不出名女演员的简讯。

男客人们穿着裤子和狮子皮颜色的丝绒坎肩聚集在伞下，而女人们从圆圆的肩膀上抖落蚂蚁。

长满洋甘菊的田野像罗托[①]游戏的地图，开放式的车厢[②]看起来有些简陋，车厢的窗户没有玻璃，窗帘也坏了。

蒸汽机车的活塞像啃剩的鸡腿，蒸汽机车似乎对那些戴着礼帽、穿着麦斯林纱衣服的人感到气愤。

给街道喷水的大圆桶[③]来了，纤细的水流像长剑，还发出时断时续的弦音。

巨大的火车站全是浓郁的、让人无法忍受的玫瑰花香味。

而黑色闪光的蚂蚁，像中国剧院古老剧目的演员——刽子手[④]，妄自尊大地用沾满松节油的爪子拉着还没被砍断的战士的身体，摇晃着强有力的、又黑又亮的屁股，像极了扬起尘土跳跃到山丘上的战马。

帕尔诺克情不自禁地颤抖了一下。

黄玫瑰底色的话剧《西西里岛》的票像柠檬片，演员们跳着埃及舞蹈。

电梯不好使了。[⑤]

---

① 俄罗斯的一种游戏，参加游戏者用与主持人喊叫的号码相同的数字盖在自己的牌上，以先盖完一列数字者为胜。——译者注

② 还有一些画描绘的是田野里行进的蒸汽机车：夏天，长满洋甘菊的田野像罗托游戏的地图。行驶着的火车，开放式的车厢看起来有些简陋，车厢的窗户没有玻璃，窗帘也坏了。——原书注

③ 指蒸汽机车的车头像给街道喷水的大圆桶。——原书注

④ 执行死刑让人联想到中国的刽子手。——原书注

⑤ 象征革命期间被破坏的圣彼得堡的理想生活。——原书注

孟什维克-护国派在房子里走动，他们在组织晚上的值班。

活着很可怕！活着又很好！

帕尔诺克像被抛弃到圣彼得堡大理石裂缝处的柠檬核那般渺小，夜晚来临时他通常要喝杯土耳其黑咖啡。

五

五月的圣彼得堡让人回忆起会议的场景，宫廷广场像开会的长桌子。这里的人都在为即将召开的历史性会议做准备，准备了干净的白纸、削好的铅笔和长颈玻璃瓶装的开水。

我再次重申：这个地方的庄严在于这里任何时候没给任何人发过证明。

这时，一群聋哑人[①]穿过广场，他们用手快速地捻着细纱并相互交谈着。组织者控制着梭心，其他人帮助他。一个男孩时常跑到一边，叉开手指，好像在请求帮助取下对角打结的线，而不要损坏交叉地方的线。一共有四个结：显然，五桄线，有一桄线是多余的。他们说的是燕子、叫花子的语言。他们不停地用大针脚缝制空气，假装是在缝制衬衫。

组织者由于愤怒弄乱了所有细纱。

这群聋哑人继续纺着线，然后在指挥部的拱形门处消失了。这里变得更安静，好像真的已经密派信鸽到各处去调查了。

乐谱很悦目，音乐本身也很悦耳。钢琴的黑键像个提灯人那样爬上爬下。乐谱的每个小节就像一艘装满葡萄干和黑葡萄的小船。

① 这里的聋哑人并不是真的又聋又哑的人，而是指这些人不明白发生了什么。——原书注

乐谱像帆船舰队的战斗部署，还像计划书，音符像李子核儿，音乐在黑夜里沉没。

肖邦的《玛祖卡舞曲》的乐谱看起来像宽大的楼梯，呈现出非常大的斜坡；练习曲的声音像铃铛；莫扎特的乐谱看起来像花园里悬挂的花，音符在五线谱上颤动；贝多芬的奏鸣曲看起来像矮小的灌木丛，它们之间没有什么相似之处。

音符像海市蜃楼，像椋鸟站在煮开的树脂中。

舒伯特的乐谱像被暴风雨袭击过的、被鸟吃得只剩葡萄核的果园。

许多带着小梯子的路灯维修工飞快地沿着街道跑，把降音符号挂在生锈的钩子下面，把升音符号的风向标加固一下，摘下身躯瘦小而肌肉强壮的、小节的招牌，这，显然是贝多芬；但八个人一组或十六个人一组的骑兵，戴着马毛帽缨，拿着骑兵团军旗叫喊着进攻，这，也是贝多芬。

乐谱表现的是发生在古老的德国城市的革命。

大头孩子们。很多椋鸟。公爵的四轮轿式马车被卸下。象棋手们从咖啡馆里跑出来，一边挥舞着费里亚济衫[①]，一边挥动着象棋的卒。

乌龟伸着温柔的头在赛跑，这一定是亨德尔。

巴赫的音乐听起来很雄壮，乐谱看起来像一串罕见的干蘑菇。

城市消防队位于花园街，靠近波克罗夫教堂。在寒冷的一月，如果看到黑色的气球升起，就表示有火灾发生，需要集合去灭火。我就在离那儿不远的地方学习音乐。安排我学习列舍蒂茨基的教学体系。

懒惰的舒曼的乐谱却像晾晒衣服[②]，意大利人扬起鼻子在下面听；而李斯特的乐谱中最难的是两段之间的衔接，像拐杖来回摆动，像来回拖曳

① 俄罗斯古时的外衣，无扣、无领、半腰、长袖。——译者注
② 指音符之间距离很远。——原书注

的消防云梯。

三角钢琴像聪明善良的家庭宠物，它有木头纤维身子，戴着金色牌子和总是发炎的骨头[①]。我们要保护它避免感冒，要用清淡的食物，如龙须菜和小奏鸣曲喂它。

天哪！可不要把我当成帕尔诺克那样的人！给我力量，让我和他不同！

要知道，我曾经在剧院黄色的售票窗口那儿排过让人无法忍受的长队。刚开始在寒冷的街上排，然后进到亚历山大剧院低矮的前厅里排。实际上，我很害怕剧院，它像没烟囱的小木屋，像农村低矮昏暗的浴室。也许在那里有人杀过人，为了得到半张皮或毡鞋。要知道，我要保持圣彼得堡人的生活状态：参加音乐会，度过黄色的、垂头丧气的冬天。

笔不听我指挥，裂开了，黑色的墨水像血一样四溅开来，像绑在电报局桌子上的笔——公共的。弄脏的毛皮大衣的毛领子，燕子喃喃改成大笔一挥，第一句是“来吧，感谢上帝”“思念”或“吻你”，穿着毛皮领子的、没刮胡子的人低声地说着电报内容。

煤油炉比汽油炉出现得早。煤油炉上有云母做的小窗户，像个可折叠的灯塔。煤油炉像比萨斜塔一样，在向帕尔诺克点头，露出的灯捻像牧首[②]的教袍一样长，冷漠地讲述着火红色峡谷里少年随从的故事。

我不怕前后不连贯、间断的话。

我用长剪刀剪纸。

我把剪下的纸条粘成流苏。

手稿总是像经历过暴风雨般，被撕破的，被啄伤的。

这是奏鸣曲草稿。

---

① 白色的琴键是用动物的骨头做的，所以容易发黄，像发炎的骨头。——原书注

② 东正教教会领袖的称号按习惯翻译为“牧首”。——译者注

乱写总是比谱写容易。

不怕粘贴处有胶水的黄点儿。

我当裁缝，无所事事。

画头上缠着毛巾的马拉[1]。

画雨燕。

家里最害怕煤烟，也就是煤油灯的烟。听到有人喊“煤烟”，就像听到有人喊“火灾”“着火了”一样，立刻跑进燃着灯的房间，用手拍打，停留一会儿，闻闻空气，房间里飘动的烟看起来像飞翔的海鸥。

剪短灯芯，处决犯错的灯。

那时要快速打开通气窗，香槟般的寒冷立刻灌入房间，让冷空气快速地穿透整个房间的煤烟，煤烟像飞舞的蝴蝶停留在凸纹布被罩和枕套上，要喷洒治疗感冒和肺炎的氧化汞水。

“不能去那儿，那是通气窗！”妈妈和奶奶小声嘟囔。

“令人讨厌的寒冷可以通过锁孔进入房间，带来可怕的白喉客人。”

从艾尔米塔什偷出的乔尔乔内的《尤迪丝像》[2]。

强壮的马飞快地跑，受惊的蝴蝶飞舞起来。

银质杯子扔得米利翁大街到处都是。

可怕的梦！厚颜无耻的、可恶的城市广场！

帕尔诺克虚弱地做了个请求的手势，把铺有粉的橘皮纹纸[3]丢到地上，然后坐到石墩上。

他回忆起了自己那些不光彩的胜利，站在大街上令人羞耻的约会，酒

---

① 达维特名画《马拉之死》的形象。——原书注

② 米利翁大街上驶来了四轮轻便马车，里面是骑兵大尉克日扎诺夫斯基带着从艾尔米塔什偷出的乔尔乔内的《尤迪丝像》和帕尔诺克的女朋友。——原书注

③ 相当于美容面膜。——原书注

吧的电话很难看，像可怕的大螯蟹，不需要的、令人痛苦的电话号码……

奢华的四轮敞篷轻便马车的嗒嗒声渐渐消失在一片寂静里，寂静得像骑兵的祷告。

怎么办？和谁抱怨？难道要把音乐会的灵魂低音提琴奏出的曲调托付给六翼天使？

大概在19世纪40年代，出版的俄罗斯散文里的魔鬼，还有作品中描写的俄罗斯的真实的生活都被认为是荒唐的事。这些糟糕的事不是意外的灾难，而是丑八怪，如同人的肩膀上长出狗脑袋[①]一样丑。文学为糟糕的事提供了延期护照，它可以合法存在。糟糕的事是文学的产物，是文学的可爱的孩子。碎粒消失了：顺势疗法的药丸，很小剂量的、寒冷的白色物质……在远古时代，人们玩布谷鸟游戏：对手在黑暗的房间里向堆成山的餐具、墨水和画射击，一颗散弹代表着荣誉。[②]

有一次，留胡子的文学家们穿着宽大的裤子，看起来像充气的钟。他们爬上位于房子上部像椋鸟窝一样的摄影棚，拍出了极好的照片：五个人坐着，四个人站在松木椅子的背后。在他们之前，拍照的小男孩穿着切尔贝斯卡[③]，小女孩做着鬈发造型，在他们的脚边依偎着一只小羊羔。照相时，小羊羔被拿走了。所有人的表情好像都在深刻地思考：现在一磅大象肉要多少钱？

晚上，在巴甫洛夫斯克的一个别墅，这群文学家批评了一个年轻又可怜的作家伊波利塔。他们甚至没让他读完漆布练习本上写的东西。讽刺他认为自己是卢梭吗？

他们没看见过干净的街道和海军总部，也不理解城市的美好。

---

① 可能说的是埃及的神阿努比斯。在中世纪很多民族中，都有关于长着狗头的人的故事，如非洲和印度。——原书注

② 谁用一颗散弹射倒的东西越多，谁就是胜利者。——译者注

③ 高加索山民和哥萨克人穿的束腰无领、胸部有子弹夹的袍子。——译者注

而荒唐事是这个小淘气鬼也移居到拉兹耶兹热亚街律师的家里，门口钉着的青铜牌子上写着律师的名字。这个住宅没有被拆毁，现在是博物馆，像普希金故居。那些文学爱好者在土耳其沙发上睡大觉，在前厅来回走动。那些喜欢荒唐事的人，从来不知道应该在合适的时间离开，他们总是抱怨，然后无聊地告别，偶尔还会穿错别人的胶皮套鞋。

文学家们啊，芭蕾舞鞋属于芭蕾舞女演员，胶皮套鞋才属于你们！试试它们，换一换，这是你的舞蹈。在黑暗的前厅里跳舞[①]只有一个不变的条件：不尊重房子的主人。对于这样的舞蹈，二十年是一个时代，四十年是历史。这是你们的权力。

芭蕾舞女演员要保持不真诚的微笑。

涂抹上滑石粉的皮鞋的沙沙声。

大型交响乐队，如同军队一样复杂、英勇，乐队通常位于剧院指定的看起来像凹槽的地带，那里一直亮着灯，音乐家们错把结合在一起的树枝和树根看成森林女神。

群舞演员被训练得像植物一样听话。

芭蕾舞女演员要牺牲伟大的母爱。

剧中的国王和王后在舞台上几乎不跳舞，就像纸牌游戏“66”中的国王一样。

年轻的奶奶吉赛尔在倒牛奶，应该是巴旦木颜色的。

芭蕾舞确实是在农奴中产生的，演员都是农奴。不，不，这你可不要和我争论！

阳历一月，带山羊的芭蕾舞剧[②]，有星星的天空、银河，打开纸牌包

① 指代丑闻和争吵。——原书注
② 这里指的是另一部芭蕾舞剧《艾斯米拉达》，改编自雨果的《巴黎圣母院》。——原书注

装时的咔嚓声……

从后面偷偷地驶进马林斯基剧院：

密探 - 贩子，贩子 - 密探。

“谁要包厢票？”

“你怎么在严寒里，亲爱的，你在找什么？”

有人打架。

“不，不要说，惩罚是古典芭蕾舞的基础，惩罚是‘国家寒冰’[①]的一块。”

“你认为安娜·卡列尼娜会坐在哪儿呢？”

请注意，古希腊罗马时期的剧场是半圆形露天的，而我们的剧场是新欧洲式的——楼层型。这和壁画上画的可怕的法庭、歌剧院是一样的。一样的处世之道。

有火堆、有烟的街道像旋转的木马一样一直有人。

“马车夫，去‘吉赛尔’，也就是去马林斯基剧院！”

圣彼得堡的马车夫像希腊神话里的法厄同，驾驶着带翼的太阳车，沿着黄道带来到人间。但圣彼得堡的马车夫是不会带着女人的钱包和马消失的。

六

这辆敞篷四轮轻便马车是古典而优雅的，更像是莫斯科的，而不是圣彼得堡的。马车的车体很高，两个侧面都涂了漆，闪闪发光，车厢安放在异常大的轮胎上，简直就是一辆古希腊战车。

---

① 来源于康斯坦丁·列昂季耶夫著名的哲学公式：为了不让俄罗斯腐烂，应该把它冷冻起来。——译者注

在马车里，骑兵大尉克日扎诺夫斯基对着女朋友粉红色的耳朵低声说：“你不用担心帕尔诺克，真的，他在修牙。我再多说点，今天在丰坦卡河岸边，不是他偷了表，也不是从他那儿偷的。小男孩！肮脏的历史！”

白夜[1]，经过科尔皮诺镇和中罗加特[2]瞭望卡到达了皇村。皇宫矗立着，像个白色的丝绸木偶。随着时间的推移，周围白得像用肥皂和增白粉洗过的奥伦堡羊毛披肩。马车在黑压压的绿色植物中行进，像公园里的金属胡蜂一样簌簌作响。

不可能变得更白了：好像再过一分钟，幻觉就会被打破，白得像刚发酵的酸牛奶。

可怕、冷漠的女人，穿着“彼得大帝时期的靴子”，沿着街道一边走一边喊：

“把垃圾放到广场……萨木姆，阿拉伯人……”

谢苗[3]这段时间正在圣彼得堡大学讲授初级讨论课。

圣彼得堡，你要为你可怜的儿子负责！

你，圣彼得堡，应该为这些混沌的事、对音乐可怜的爱、贵族会议合唱团的高等女校学生手里拿着华丽糖纸包的每个糖球负责！

记忆里一个有病的犹太姑娘，晚上偷偷地背着父母逃到尼古拉火车站，有谁会带她走？

格里高利·拉比诺维奇的外号是“干保险的老头儿”。他刚开始工作，就想得到保险单和“拉列”香皂。他住在涅瓦大街一个很小但很干净的姑娘的家里。他和丽萨的非婚姻关系感动了所有人。丽萨把手指放到嘴唇

---

① 白夜是高纬度地区的一种自然现象，整夜天都不会完全黑下来。——编者注
② 瞭望卡名称。——原书注
③ 谢苗·阿法纳西耶维奇·温格罗夫（1855—1920），俄罗斯著名文学评论家、历史学家、文学家。——原书注

上，小声地说：“格里高利在睡觉。”她脸上泛起红晕。她当然希望，并热切希望格里高利快点儿长大，变成熟，和她一起度过漫长的岁月。她希望在菲利波夫咖啡馆由主教主持的、没有孩子参加的粉色婚礼只是生活的开始……

而格里高利·雅科夫列维奇[①]带着小狗轻快地沿着楼梯跑，挨家挨户地敲门推销保养老保险。

犹太人的家里一般都非常安静，安静得有些忧郁。

屋里只有钟表的嘀嗒声，薄塑料桌布上有白面包渣和带银色底座的杯子。

维拉姨妈来吃午饭，还带来了自己的父亲佩尔加缅特老人。维拉姨妈讲了自己父亲破产的故事：他曾经在基辅的克列夏季克大街有一套四十个房间的豪宅。那里什么都有，房子的下面还养着马。现在佩尔加缅特靠有价证券的利息生活。

维拉姨妈是路德教徒，在莫伊卡街红色的路德会教堂伴唱。她是个冷漠的伙伴、朗诵者，还是个女护士。这是很奇怪的一种人，他们怀着敌意去关心别人的生活。她批评我们的家庭布置，老样式的一绺绺鬈发垂在装有鸡汤的盘子上，她微微有些厌恶。

维拉姨妈只要来我家里，就一定机械地对我们表示同情，给我们一些红十字会式的帮助，如把宽纱布轴弄散，像撒彩带一样把绷带散开。[②]

一匹马拉的两轮轻便马车行驶在坚硬的城市公路上，像踏在白铁皮上咚咚地响，像男人星期日穿的上衣。两轮轻便马车从“××湖”到“××湖”，

①　格里高利·雅科夫列维奇和格里高利·拉比诺维奇是同一个人，他的全名为格里高利·雅科夫列维奇·拉比诺维奇。俄罗斯人的名字是由“名字＋父称＋姓”组成的，口头一般称姓，或只称名，为表示客气和尊敬时称“名字＋父称”或“名字＋姓”。——译者注

②　实际上，我们根本不需要这些帮助。——译者注

沿途收集豌豆、酒精和奶渣，准备把这些芬兰食品运送到圣彼得堡。这样拉货的两轮轻便马车有二十一辆。还有四辆马车里是老婆子，她们戴着黑色的三角头巾，穿着呢子裙，很硬，就像套着铁皮一样。她们要去路德会教堂唱赞美诗歌，要尝尝加白酒的黑咖啡，然后就原路返回。

年轻的乌鸦竖起羽毛说："真心请求你们来参加葬礼。"

"不是这样邀请的！"蒙列波公园里的麻雀叽叽喳喳道。

这时，几只干瘦的乌鸦由于年纪大了，翅膀变成了蓝色，而且非常硬，也加入了讨论：

"卡尔和阿玛利亚·波罗穆科韦斯特通知亲人和朋友们——他们的女儿爱丽丝死了。"

"那就是另外一回事了。"蒙列波公园的一只麻雀叽叽喳喳道。

男孩全副武装来到街上玩，像参加比武的骑士：穿着棉护腿和棉灯笼裤，戴着围巾帽和耳包。

因为戴着耳包，脑袋嗡嗡响，突然什么都听不到了。如果要说话，就需要解开下巴下面系的带子。

他在笨重的冬季盔甲里左右转动，像个聋子骑士，听不到自己的声音。

他第一次感觉远离人和人、保持一定距离是如此甜蜜，耳包包着的感觉就像小时候被柔软的浴巾裹住的感觉一样；他像聋了的贝多芬，穿着棉护腿，被推出了楼梯。

他想转身喊："厨娘也是聋子。"

他们骄傲地沿着阿费茨勒街走，到商店里挑选梨汁。

有一次，他们进入沃兹尼先大街一家叫阿波里恩科的灯具商店，装饰用的大灯聚集在一起，像戴着红色草帽的长颈鹿，草帽上带有月牙形装饰和皱边。在这里，他们第一次体会到什么是庞大和多得像森林的物品。

他们从来没去过艾勒萨的花店。

女牙医斯特拉舒奈尔不知道在哪儿实习过。

七

当看到裁缝拿着做好的衣服要送到谁家时，你永远不要以为他手上的一定是为活人置备的新衣服。他也可能让你想起帮别人办临终仪式的那帮人[①]，他们带着办葬礼仪式的东西，急急忙忙地赶去被阿兹拉伊尔[②]盯上的那家。裁缝梅尔维斯也会做这些。帕尔诺克的礼服在裁缝的衣架上暖和了不到两个小时，如同呼吸了家乡种子的味道一样。裁缝的妻子祝帕尔诺克一切顺利。[③]

“这有什么，”仗势欺人的裁缝说，“我爷爷说过，真正的裁缝是这样的人——他可以大白天在涅瓦大街上扒下未付款人身上的常礼服。”

然后他从衣架上取下帕尔诺克的礼服，像吹热茶那样吹了吹，裹上殓衣那样白的麻布床单，然后又用黑色的细棉布包上。把衣服拿给骑兵大尉克日扎诺夫斯基。

我得承认，我喜欢梅尔维斯，喜欢他那像盲人一样布满皱纹的脸。古典芭蕾舞理论家非常重视舞蹈演员的微笑。他们认为微笑是动作的补充，是对跳跃和飞翔的解释。但有时下垂的眼皮比眼睛看到得多，脸上层层的皱纹像盲人的皱纹那样多。

---

① 因为裁缝除了给人做衣服，他们也干另外一件事，如带着办葬礼仪式的东西去死人的家里，举行临终仪式。——原书注

② 伊斯兰教中的死亡天使。——原书注

③ 裁缝的妻子赶走了帕尔诺克并祝他一切顺利。——译者注

那个时期，最好的犹太裁缝像从木板通铺上被揪下来毒打的政治犯，像累得发晕的澡堂服务员，像准备大声喊出令人无法反驳的话的市场上的小偷一样不知所措。[1]

透过梅尔维斯，我看到不同的人物形象：有时像古希腊的森林之神，有时像不幸的弹基萨拉琴的古希腊歌者，有时像叶夫里比特[2]话剧里的演员面具，有时像衣衫褴褛的服苦役者，还有时像俄罗斯流浪汉或癫痫病患者。

充血的鸟眼睛看到的世界完全是另外一个样子。

书籍像被拿到房间里的冰块一样在融化。一切都在变小。我觉得所有东西都像书。书和其他东西的区别在哪儿呢？我无法理解生活：当我知道黑头发的法国包法利夫人吃了毒药自杀了，骄傲的安娜·卡列尼娜也自杀了时，我的世界观发生了变化。

所有东西都在变小，所有东西都在融化，歌德在融化。生命如此短暂！握在手里的、从排水管上折断的像剑的冰溜子在融化，使手掌变得越来越冷。

但思想没有变迟钝，只是像努尔米斯牌[3]冰鞋的冰刀一样在碰到有小鼓包的冰面时打滑了。

和孩子穿的高帮美国小牛皮皮鞋铆在一起的冰刀，就像一把锋利的柳叶刀。而安装好的冰鞋有令人快乐的重量，仿佛变成了一条神奇的龙，没有名字，也无法估计价值。

在煤气灯下翻冻僵的、装订成斧子一样的书是很难的一件事。

---

① 这两段是另一位导演所罗门·米霍埃利斯创作的话剧《豪赌》中有关裁缝的一个片段，作者把它加到这部作品中。——译者注

② 古希腊话剧家，新风雅悲剧的代表。——原书注

③ 20 世纪初芬兰生产的著名冰刀品牌。——原书注

你，木材仓库——城市黑色图书馆。我们走着瞧！

在波德亚切斯街有个非常出名的图书馆，那里有很多深颜色书皮的[①]、俄罗斯和外国的书被运送到了别墅。有些书的纸被摸得像丝绸一样滑，也可能会传染疾病。不漂亮的小姐们从书架上挑选书，有人选了布尔热[②]，有人选了乔治·欧内特[③]，还有人选了一些无稽之谈的书。

在图书馆的对面有一个消防队，那里大门紧锁着，里面还有像蘑菇头一样的钟。

有些书页像洋葱皮一样薄，风一吹就会破。

书页上可能有麻疹、猩红热和天花。

这些被送到别墅的书，可能有些曾经被遗忘在海滩，里面掺入了海滩金色的沙子，无论你把书抖得多干净，沙子还是偶尔会出现。

有时，书里会出现被压平的哥特式的小杉树叶。有时，北方花朵变成的木乃伊会从书里掉下来。

火灾和书籍多好啊！

我们继续走着瞧！

每当有火灾的时候，消防车队就会在涅瓦大街上轰隆隆地跑过。所有人都跑到窗户边，方形的窗户蒙上了一层水汽。鲍吉奥的家乡是皮埃蒙特[④]，是可怜的旅居演员的女儿，无人照管她。

响亮的、公鸡叫式的消防车汽笛声，像毫无征兆的、空前的不幸，降临到通风不好的青硅孔雀石房子。比秋格马拉着水桶和云梯轰隆作响，火炬状的火苗舔着玻璃。在奄奄一息的女演员模糊的意识里，这些噪声是羊

---

① 有可能是因为时间久了，有可能书皮本身是深颜色的。——原书注

② 法国小说家、文学评论家。——译者注

③ 法国大众文学作家之一。——译者注

④ 意大利的一个行政区，位于意大利西北部，首府是都灵，和法国接壤，盛产小麦和葡萄。——译者注

皮鼓上极快的跳跃，这些伴随着马蹄的嘈杂声变成了交响乐的序曲。她小小的、不漂亮的耳朵里明显听到了序曲《弗斯卡里》中的最后一节，这是她在伦敦的首场演出。

她微微起身唱起来，但不是给她带来荣誉的、甜美的、金属般动听的嗓音，而是十五岁女孩从胸腔中发出的、节奏混乱的、没有被加工的、不正确的、不克制的声音，卡塔涅奥教授还因为这样的声音骂过她。

再见了，特拉维阿塔、罗津娜、采尔莉娜……

八

那个晚上，帕尔诺克没有回家吃饭，也没有一边喝茶一边吃他喜欢的面包干，他像金丝雀一样喜欢面包干。他听到了焊接时的吱吱声，看到了耀眼的、焊接有轨电车铁轨的光，如同枝叶扶疏的玫瑰。他重新得到了圣彼得堡，像得到了一块校对的活字盘，一条条街道像排版的书页，花园像装订的书。

帕尔诺克走到了开桥，那里会让人想起一切应该断开，会让人想起空虚和露出的大缝隙，想起琳琅满目的商品和离别，想起大杠杆控制着这里，一年又一年。

帕尔诺克等待着，茨冈人[①]马车夫和行人聚集成两个营盘，像敌对的两个部落或两代人，因为石头装订的、中间被掏空的书而争吵。

帕尔诺克认为，圣彼得堡像他儿时得病一样，只要苏醒过来，幻觉就

① 对吉卜赛人的另一种称呼。——编者注

消失了：他会恢复健康，变成一个正常人，然后结婚……那时就不会有人嘲笑他是“年轻人”。他也不会再亲女人的手。够了！可恶的人叫他去特里阿诺宫……长得难看的女人，穿得难看的女人，像脱毛的猫一样，把手放到他的嘴边，以前他会吧唧亲一口！双方都满意。年轻的、流浪的、像狗一样的生活该结束了。阿尔图尔·雅科夫列维奇·霍夫曼已经答应给他安排工作，哪怕是去希腊。而到希腊之后，一切就清楚了。他要缝制一件新礼服，他将告诉骑兵大尉克日扎诺夫斯基对他的不满，向他证明自己的重要。

只是很不幸，帕尔诺克不是名门望族。亲戚无处可攀，没有，就是没有。他只有一个亲戚——约翰娜·鲍里斯娜姨妈[①]，是个侏儒。安娜·利奥波多夫娜女皇说俄语带有严重的口音。比龙[②]想做媒让自己的儿子娶安娜·利奥波多夫娜。[③]侏儒胳膊很短，什么也系不上，而她身边的女仆安努什卡很美，像古希腊神话中的蝶魂赛姬。

这样的亲人一般的下场都不是太好。顺便说一下，这是什么名门望族，这怎么不是呢？是的。九等文官戈利亚德金可以被称为大尉？还有那些法官委员会的人，八级文官，能获得智慧和金钱？19世纪四五十年代门第高贵的人从楼梯上被扔下，变成被败坏了名誉和被侮辱的人。这些好嘟囔的人、无用的家伙披着斗篷，戴着洗坏的手套，他们都住在萨多瓦街和波德亚街，那儿的房子外墙贴着粗面石板，像贴着巧克力一样。他们嘟囔着：“怎么能这样？我们受过高等教育，却一文不名！”

只要揭开圣彼得堡华丽生活的面纱，就会发现隐藏的可怕的空虚。在

---

① 约翰娜·鲍里斯娜姨妈，是个侏儒，说俄语有浓重的拉脱维亚口音，和安娜·利奥波多夫娜女皇是很远的亲戚。——原书注

② 比龙是安娜·利奥波多夫娜女皇的兄弟。——原书注

③ 但失败了。——原书注

加加林公爵家的天鹅绒、鸭绒下，在加加林沿岸图奇科夫桥下面，在法式甜点下面，贵族老爷家仆人的眼睛像镜子一样[①]，会发现一些完全意外的东西。

而揭开这个面纱的笔像感染了化脓物的医生的茶勺，最好不要靠近它。

小蚊子[②]嗡嗡响[③]："看看吧，我还剩下什么，我是最后一个埃及人。我做过哭灵人，当过教师和侦察员。我是小公爵，笨手笨脚。我是乞丐，拉美西斯吸血鬼。在北方我什么也不是，留下的东西太少了，实在抱歉……"

"而我是从底比斯城来的法官委员会的成员，倒霉的公爵……一切都是老样子，什么都没变，哦，这儿让我感到害怕。对不起！"

"我是个懒汉，一无所有。请求给我一戈比买埃及粥，少女的脸就值一戈比。"

"我什么也不要，我来付钱[④]。对不起。"

为了能平静下来，帕尔诺克开始着手整理一个未写完的词典，更确切地说是日常生活单词的清单。很久以前他就开始在心里整理了，准备在遇到灾难和不安时使用：

带有罂粟籽的白面包"马蹄铁"；

妈妈称那些通风小窗叫"楣窗"，可以像钢琴盖一样被"砰"的一声合上；

不要说错话；

不要命令，这是家庭戒条之一。

这些单词用来喝茶聊天足够了。他似乎闻到了刨花的味道。过去的一

---

① 这里作者采用的是双关的手法，不是镜子照到了而是眼睛发现了。——原书注

② 作者用了语音的换位：комар（蚊子）表示 марка（邮票）。作者用这些事物来表明人和事的短暂易逝。——译者注

③ 这些是蚊子妄自菲薄的独白。——原书注

④ 作者特意选择 заплачу 这个词，既有哭泣的意思，又有付钱的意思。——原书注

切变成了令人震惊的现实，像一批新鲜的恰克图茶刺激得鼻子发痒。

四轮轻便马车在雪地上奔跑。原野的上空低垂着浅灰的云，像警察毛呢上衣的颜色，云层下溢出淡淡的黄色，为什么是可耻的黄色？

把我安排到别的马车和别人家坐在一起。伴随着车在雪地走着的轰隆声，年轻的埃及人在数新钱，百元大钞。

“我们去哪儿？”我问围着吉卜赛披肩的老太太。

“去马林诺夫城！”她惆怅地回答我，让我产生不好的预感。

老太太拿着一个打结的包，里面装满了银餐具、亚麻布和天鹅绒鞋。

破旧的婚车像装低音提琴的盒子，摇摇晃晃地继续往前走。

车里有木材商人阿布拉萨·科佩良斯基，他有心绞痛，有约翰娜姨妈、拉比[1]和摄影师，还有年老的音乐教师，他的腿上放着一个不发声的键盘，散发着汗味的海狸皮大衣，还有坐立不安的、用来进行婚礼仪式的大鹅。

“看啊，”有人看向窗外高声喊了一句，“那就是马林诺夫。”

但不是城市，而是在雪地上长着大量的马林果。

“马林果！”我兴奋地喊道。我高兴得情不自禁地和其他人一起跑向马林果，雪都灌到鞋子里了。于是我解开了毡靴，这让我产生强烈的罪恶感和混乱感。

有人把我领到一个令人厌恶的华沙人的房间，强迫我喝水、吃洋葱。

我俯下身，想把毡靴系上双重蝴蝶结。这似乎是很简单的事，但我却系不上。我试图整理一下，让自己看起来更体面。一切都好像回到了从前，像在梦中，我把别人的羽绒裤拆散了，带着自己喜爱的玩具——一个有丰富蜡油的空蜡台，跑到塔夫利花园，像取下婚礼头纱一样，小心翼翼地取

① 犹太教内负责执行教规、教律和主持宗教仪式的人。——译者注

下白色的蜡油。

我一想到我们的生活像没有故事情节和人物的中篇小说，就觉得可怕。而这部小说是由空虚和玻璃、一些非常复杂的情节和没有说服力的言辞、圣彼得堡流感病人的呓语组成的。

脸色绯红的欧若拉折断了彩色铅笔。现在铅笔懒散地躺着，像张着嘴等吃的小鸟。同时我觉得病人好像在说单调乏味的呓语。

这样的状况你熟悉吗？所有东西都像发生火灾一样，所有人都高兴且激动得像病人，街道上有阻止行进的障碍物、脱皮的海报。被聚集到仓库的钢琴，像一群聪明的没人管的牲畜，生来就是为了弹奏狂野的、像开水一样沸腾的奏鸣曲……

那时，必须得承认，我不能忍受检疫，打破了温度计后，我勇敢地步行穿过有传染病的迷宫[①]。迷宫里到处是从句，像有意思的、偶然的买卖……烤得红红的云雀形白面包[②]飞到袋子里，天真无邪的云雀像一世纪的基督徒[③]。而我知道，面包师把挂锁形白面包想象成寂静无声的俄罗斯竖琴。

要知道，1917 年，涅瓦大街上随处都能看到哥萨克百人队[④]，他们戴着有折弯的蓝色大檐帽，一起从东转向西，他们长得几乎一样，像五十戈比上带胡子的人[⑤]。

眯起眼睛听，可以确定这是哥萨克人在唱歌。歌声摇曳飘荡，像装有金色啤酒花的袋子在马鞍上晃动。

听到歌声像看到热食，有跺脚声、尖叫声和口哨声传来。

---

① 检疫站像迷宫。——原书注

② 每年 3 月 22 日春分时节，俄罗斯人会烤云雀形白面包。有时会在白面包里放一枚硬币，谁吃了有硬币的白面包会走运一年。——原书注

③ 象征基督教信徒的虔诚和忠贞。——原书注

④ 相当于骑兵连。——译者注

⑤ 指亚历山大二世。——原书注

巴什基尔马背上飘荡的歌声和剧院二楼玻璃窗口传出的歌声一样好听。好像哥萨克百人队用横膈膜在唱，他们相信歌唱比马肚带和马镫更重要。

销毁手稿，但保留你在侧面由于无聊和不理解，也可能是做梦添上去的那部分。这些次要部分、偶然的想象不会在世界上消失，但会立即飘散到乐谱架上，像马林斯基剧院坐在角落的第三小提琴手为纪念作曲者，开始演奏贝多芬为《莱诺勒》①和《艾格蒙特》②谱写的序曲。

从第三人称转成第一人称是多么快乐！就像用不方便的小杯喝水之后，挥挥手，突然明白了可以直接从水龙头接生水喝。

恐惧抓着我的手领着我走。白色露手指的线手套。我喜欢恐惧，也尊敬它。差点儿没说："我不害怕和恐惧在一起！"数学家们应该为恐惧建一个凉棚，因为它是时间和空间的坐标轴——它们像吉尔吉斯帐篷的毡子一样是必不可少的。恐惧让马在该走的时候停下来，给我们送来没完没了的噩梦。

在我的意识中，跑腿的人经常说这三个词："就这样""已经""突然"。这些人在光线昏暗的塞瓦斯托波尔火车上从一个车厢跑到另一个车厢，在小吃部那儿停留，那是两个车厢连接的地方，经常能听到像锅碰到一起的声音。

新散文像铁路一样改变了所有的方向、结构和轻重。按照新的结构，安娜·卡列尼娜梦中出现的法国男人有权嘟囔一些毫无意义的话。铁路散文像这个要死的男人身上的女士包，里面装满了钳子、无意义的功能词，伤人的、坚硬的前置词，像摆放法庭罪证的桌子。铁路散文从关心美丽和

① 由德国著名诗人毕尔格创作，是德国文学中著名的动人的叙事谣曲之一。——译者注
② 德国著名作家歌德创作的戏剧作品。——编者注

丰满中解脱出来。

是的，哪里用热汽油浇火车头的大杠杆，哪里就有新散文。亲爱的散文——要作长一点，要丈量，当然会写关于厚颜无耻的圣彼得堡，会写六百零九俄里长的尼古拉耶夫铁路和长颈玻璃瓶装的烈性白酒。

晚上九点三十分，骑兵大尉克日扎诺夫斯基准备乘坐加速火车去莫斯科。他把帕尔诺克的礼服和他最好的衬衫放在皮箱里。礼服的衣袂卷起，躺在皮箱里，特别好看，几乎没褶皱，像穿着哈味呢的淘气海豚——无论式样还是灵魂都是海豚的亲戚。

骑兵大尉克日扎诺夫斯基在柳班站和博洛戈耶站下车去喝酒，讲着可笑的故事，不时冒出几个“招待晚会”“波纹织物”等法语词。他甚至尝试了在车厢里刮胡子，但没刮成。

在克林那小站，他去尝了铁路咖啡，是按从安娜·卡列尼娜时期就没变过的古老配方做的，是用咖啡替代品加上一些墓地的土或是别的不知道什么东西混合的咖啡。

在莫斯科，他住进榭列科特宾馆，这是小卢比扬卡街上一个非常好的宾馆。他的房间是由商店改装成的，房间里宽大的玻璃落地窗代替了窗户，充满令人难以置信的和煦的阳光。

米哈伊尔·库兹明

克拉拉·瓦尔蒙写给姑妈的信（节选）

意外的食物——圣诞节的故事

第三个星期二

米哈伊尔·库兹明

全名米哈伊尔·阿列克谢耶维奇·库兹明（1872—1936），俄罗斯诗人、小说家、剧作家、翻译和评论家。库兹明曾在音乐学院跟随作曲家里姆斯基－科萨科夫和指挥家阿纳托利·康斯坦丁诺维奇·里亚多夫学习，进行大量音乐作品的创作和表演，这对他后来的文学创作产生了重要的影响。他把自己的一些诗歌改编成音乐作品，最广为人知的是他的抒情歌曲《孩子与玫瑰》。1908年，库兹明发表第一部成名作诗集《网》，随后出版了引起热议的小说《翅膀》，还著有小说《蝎子》《被蒙上的画》《回声》《普罗米修斯》等。1920—1930年间，库兹明翻译了古罗马作家阿普列乌斯的《变形记》（成为经典）、意大利诗人彼特拉克的“十四行诗”、莎士比亚的戏剧、歌德的诗歌等。

克拉拉·瓦尔蒙写给姑妈[①]的信（节选）

吕翠媛 译

亲爱的姑妈，请原谅我这么久没有给您写信，因为搬家闹得我们全家人都晕头转向的。我们现在基本安顿下来了，昨晚还挂上了门牌。爸爸一个人张罗家里所有的事情，他每天忙得不可开交，有时会生气，偶

① 姑妈名为罗扎利娅·邱特丽·迈耶尔。为方便读者理解，在此进行说明。——编者注

尔还责骂我们。昨天，他居然把马甲穿反了。我的妈妈问候您。我有一个单独的房间，挨着妈妈的，晚上我得把房门开着，我还是那么胆小。起初，除了简和皮埃尔，只有一个男孩给我爸爸当帮手，后来又雇了一个叫雅克·莫贝尔的当地人。他这个人很奇怪：一天夜里，当我们要睡觉的时候，他来请求当雇工，爸爸差一点儿把他赶走，但后来又雇了他。虽然家里的活儿很多，但一切还算顺利，爸爸太累了，可有什么办法呢？总得生活呀！要问拉雪兹-迪尔怎么样？我告诉您，它是一个非常小的城市，城里有一座古老的像城堡一样的修道院，从修道院那里能看见远处的群山。虽然我们已经结识了一些新朋友，但不知道我们往后在这里是否会感到寂寞。我暂时没做什么其他的事情，也没有时间。再见，可爱的姑妈，原谅我写的不多，因为太忙了。而且，由于天气炎热，我的脖子已经湿漉漉的了。吻您。

爱您的侄女 克拉拉·瓦尔蒙

172× 年 7 月 27 日

亲爱的姑妈，谢谢您给我寄来了毛皮大衣。说真的，您太有远见了，当大家还穿裙子的时候，您就寄来了这么好看的礼物。我知道可爱的罗扎利娅姑妈您选择布料是相当用心的。您是在哪儿找到这么漂亮的皮料的呢？特别是这皮料的花纹非常漂亮。这种金黄的底色衬托着耀眼的玫瑰，再配上绿色的叶子，它让我的朋友们羡慕不已，姑娘们都特意跑来欣赏您送给我的礼物。我多么期待着寒冷的天气早点儿到来，我已经迫不及待想要穿它了。虽然我们生活得有点儿苦，而且哪儿都没去过，但是我们都很健康。雅克在家里让我们都很开心，他是一个快活、阳光、可爱的年轻人，也是一个有本事的工人，爸爸对他赞不绝口。妈妈不喜欢他，因为他不去教堂做礼拜，也不喜欢聊关于宗教的话题。这当然是不对的，但人在年轻的时候这都不算什么大毛病，不是吗？更何况，雅克是一个非常谦虚的年轻人，他不是一个游手好闲、玩世不恭的人，更不是一个醉汉。亲爱的姑妈，再次感谢您寄来皮大衣。

永远爱您的侄女 克拉拉·瓦尔蒙

172× 年 9 月 15 日

亲爱的姑妈，衷心祝您生日快乐（这是您的第六十九个生日!）。希望您的生日能过得舒心、愉快。啊，姑妈，亲爱的姑妈，我完全习惯了什么都写信告诉您，与瓦西里教父相比——我们几个月前刚认识的神父，我更愿意跟您坦白一切。从哪儿说起呢？我像个小女孩一样激动得心脏突突跳，眼前总浮现您善良、美丽的脸庞，想到罗扎利娅姑妈您那么爱小克拉拉，我才有了一丁点儿勇气跟您说。您还记得我向您提到的雅克·莫贝尔吗？我爱上他了。您还记得自己年轻的时候吗？您还记得雷根斯堡吗？还记得那个年轻的亨利·冯·蒙舍琴吗？请别对您的克拉拉要求太严格，因为她无法抗拒爱情的魅力……雅克对我承诺要向父亲提婚，并在圣诞节之后和我结婚，但是现在家里谁都不知道这件事，请您答应我，不要说出去。我向您坦白之后，心里就轻松多了。我特别喜欢他的眼睛，在他亲吻我的时候，他的眼睛非常大，他喜欢用眉毛蹭我的脸颊，那是让人非常喜欢的。请原谅我，亲爱的姑妈，不要生您可怜的侄女儿……的气。

克拉拉·瓦尔蒙

顺便说一下，雅克不是本地人，在拉雪兹 - 迪尔没人认识他，我们也不知道他是哪儿的人。不过，这又有什么关系呢？不是吗？

172× 年 10 月 2 日

真的，不幸的事总会接连不断地发生。昨天，妈妈觉察到了我身体的异样，她开始盘问我，于是，我向妈妈坦白了一切。您能想象到母亲的悲伤和父亲的愤怒吧？父亲扇了我一巴掌，还责骂我："怎么也想不到我的女儿竟然是个荡妇!"然后他拂袖摔门而去。妈妈一边哭一边尽可能地安慰我。我是多么需要您啊，亲爱的姑妈，需要您的宠爱和您的劝告。现在我哪儿都去不了，也不能穿您送我的毛皮大衣了。最糟糕的是，雅克也离开了我们。我相信他回自己的家乡去请求父母的祝福了，但不管是什么原因，反正他走了。我的烦闷和痛苦因为雅克的离开而加重了。我感觉所有人都知道了我的丑事，我不敢靠近窗户。虽然我现在长时间弯腰坐着都非常困难，但我依然不停地缝衣服。真的，这对我来说是最艰难的时刻。正如那首歌唱的：

快乐的爱情只能存在一瞬间，

痛苦的爱情会持续一个世纪。

再见，爱您的克拉拉

172× 年 12 月 6 日

姑妈，这么久没给您写信，您可能以为我已经死了，可不幸的是，我还活着。我心平气和地和您讲讲发生了什么事儿吧。雅克不见了。他使我们摆脱了魔鬼的惩罚，就让上帝饶恕他的罪过吧。5 月 22 日，我生下了一个男孩。上帝啊，这是个什么样的孩子呀，他浑身是毛，没有眼睛，头上长着角。当我看到自己孩子的那一刻，家人都担心我是否能活下去。孩子的样子太恐怖了！尽管如此，我们还是决定让他接受圣天主教会仪式的洗礼。在洗礼时，准备用来浇洗的圣水突然冒起浓烟，散发出一股臭味。当仆人们在烟雾散开后睁开眼睛时，发现圣水盆里的不是婴儿而是一个大黑萝卜。但愿不是魔鬼在惩罚我们。您能想象到我们的痛苦和恐惧吗？庆幸的是，我们还没有完全被击垮。当他们告诉我教会发生的这一切时，我简直要疯了。我们在这儿每天都进行祈祷，还喷洒圣水。人们每天都为我祈祷，为我驱逐邪恶的灵魂。瓦西里神父建议将邪恶的种子从我身体里驱逐出去。

亲爱的姑妈，您可能认不出我了，这段时间我的变化太大了。不是每个人都会经历这种不幸。但上帝会保护所有相信他的人。再见，爱您的……

克拉拉·瓦尔蒙

172× 年 6 月 2 日

我又给您写信了，亲爱的姑妈，我知道您非常关心我们。在我的灵魂被净化之后，居民们也开始铲除附在自己身上的邪恶灵魂了。他们想起了雅克·莫贝尔做的所有物件儿（尽管最好称他为魔鬼）：把他做的脚踝靴、鞋子和长筒靴全部拿到修道院广场上烧了。只有一位老钟表匠里蒙吉乌斯拒绝烧他的靴子，他说结实的靴子比愚蠢的迷信更重要。当然，他是一个犹太人和无神论者，完全不关心拯救不朽灵魂这样的事。再见，亲爱的姑妈。

永远爱您的克拉拉·瓦尔蒙

172× 年 6 月 15 日

意外的食物——圣诞节的故事

吕翠媛 译

那年冬天，圣诞节前夕我度过了一段非同寻常的日子：奔赴在赶往遥远的北方的路上，我穿着三层皮袄，一路上，我时而骑着鬃毛蓬乱的小马，时而坐在颠簸的、开往阿尔汉格尔斯克的火车上，时而在亲戚或朋友定居的地方与他们一起庆祝圣诞节，与他们一起迎接耶稣的诞生日，一起观看星象，一起倾听耶稣诞生的故事。特别坚持这一点的是我的同伴——一个在圣彼得堡贩卖古老圣像、书籍和古董的商人。我们昼夜在冰封的湖泊和沼泽地上行进，在野外的深山老林中跋涉，在陡峭的山坡上醒来。因此，当我们坐在带火炉的车厢里，脱掉毛皮大衣的时候，感觉好像已经到达了目的地，就像在温暖的、炉膛里噼啪作响的小木屋里谈论过去一样，我们谈起了寒冬。我的同伴预感到圣彼得堡的冰雪马上就要融化了，他说："圣彼得堡的冬天真是暖和啊！简直就是照顾乞丐兄弟们啊！"

"你连寒冷和饥饿哪个更难熬都不知道啊？"

"书上说上帝养活饥饿的人。"商人在自己胸前一边画十字一边说。

这时，车厢内唯一的一个陌生人加入了我们的谈话，在这之前他一直是沉默的。抬眼望去，我们看到一个没有胡子的男人，鼻子挺拔，目光闪烁，小市民的穿着打扮。令人惊讶的是，他的眼睛在凝神注视时又大又清澈，泛着纯洁和天真的目光，以至于让我们感到很奇怪，他为何四处张望，而不是聚精会神地看着对方。这双眼睛的主人的声调有些高，声音有些嘶哑地加入了我们的谈话。起初，他默默微笑地注视着我的同伴并画着十字，后来他害羞地说："您知道吗，世界上有时会出现让人意想不到的与食物有关的事情。"我们没说话，他也没等我们回应，就又结结巴巴地说：

"善良的先生们，请原谅我插话。我就是想说，有时会出现与'意外的食物'有关的严重事故，我们修道院就发生过这种事。"

"难道您在修道院待过？"

"是的，不过三年前我就离开那里了，否则就得在修道院里待十五年。"

"您多大了？"

"三十三岁了。"说话时，他的眼睛呆滞地盯着一处。

我很惊讶，我的同伴用胳膊肘捣了我一下，低声说："长官，小心您的行李箱。”我喜欢坐在老式车厢里与人邂逅，顺便听听他们的奇闻逸事。我调整了姿势，让自己更舒服一些，期待修道院先生“提议”要讲的故事，就对他说：“可能的话，分享一下您在修道院的故事，如何?”

“当然可以。虽然有趣的地方不多，但从另一方面讲，这真是一件令人惊讶的巧合事件。”

经过这一段平常的对话之后，我们的同伴进行了以下的叙述，我自己也试着用最连贯和最简洁的方式去复述，并且尽可能地保留它原有的风格。以下就是我们伴着火车车轮的轰隆声听到的故事。我穿着狼皮大衣躺着，我的朋友在假装睡觉，因为他要紧紧地看护着我们的行李箱呢。

在古代的时候，我们的修道院非常有名，而且富有，但随着时间的流逝，它越来越衰败了。有一段时间，它甚至变成了女修道院。现在，当所有从前的财富和荣耀都消失后，修道院里只剩下了坚固的建筑、古老的图书馆和古代的法衣，其中一半都捐给了博物馆。当然，房间是完全够用的，虽然大部分被封闭了起来，还有一些变成了收藏室，不过老鼠在那里可捞不到什么好处。一个教士可以分得两个房间。方圆二十五俄里[①]以内没有任何村庄，而方圆二十五俄里以外都是非常贫穷的地方，修道院没有任何收入。一些比较富有和有地位的人都是保守主义者；那些东正教徒，虽然不是酒鬼，可个个都很穷，以至于只能靠教堂里的施舍勉强过活，而谈不上对修道院能有什么帮助。在离我们最近的城镇里只有一家旅馆，但它总是空荡荡的，只有远道的客人到来时，它才能忙碌起来。有一年春天，从圣彼得堡来了一位画家，在这里住了很长时间，他一直在画大门、画塔楼、

① 1俄里约为1.0668公里。——编者注

画圣像，但是很少有大人物光临。教士人数很少，都是极其普通的人。因为太贫穷了，所以教士们经常不得不考虑每天吃什么。有一次，发生了一件事，就是我想跟你们讲的。圣诞节前，我们更渴望能弄些吃的东西，所有人都想迎接一个快乐、富裕的圣诞节，而我们却一贫如洗。据说，人如果吃饱了就唱不好歌，那么，饿着肚子就更甭提唱什么歌了！教堂的钟好像只有在大斋戒期间才被敲响。那个年代对我这样的年轻人（我那时已经十八岁了）来说，好像都不算事儿。那时的我还正处于对教士生活的渴望阶段，正想学习教规，对于其他困难也满不在乎。

在那段困苦的日子里，我们修道院来了两位不速之客：一位老太婆和一位年轻的太太，到底是官太太还是商人的妻子，或是女地主，无从知晓。所有人都惊慌起来——我们能给尊贵的客人吃点儿什么呢？接待的教士对客人说，不会让她们受委屈的。而那位年轻的太太只是挑了挑眉毛，毫不在乎地说："没关系，神父，我们不是挑剔的人，你们吃什么我们就吃什么，如果没有食物，我们这里还带了一些小吃可以吃。"她边开玩笑边用手指了指两个大包。但是，她请求把大包拿到冰窖里，然后从小篮子里取出了小吃：有鱼子酱、大马哈鱼、干咸鱼，与世俗之人在斋戒期间常吃的食物没什么两样。我们的内心稍稍得到一点儿安慰，大家猜测大包里可能藏着冷冻的家禽，两个女人肯定吃不完，假如她们住到圣诞节前，就能给我们留下点儿什么。那位年轻的太太故作愉快地开着玩笑，但我们能明显看出她不快乐：她时而皱皱眉头；时而滔滔不绝；时而默不作声，陷入沉思，不断地将一个盆子从桌子上拿到柜子里，再把它从柜子里拿到桌子上；时而透过带冰花的窗户看着外面鲜红的晚霞。等她脱去大衣后，我们发现，她原来是一个瘦小的、像小女孩一样的姑娘，满脸红晕，她那黑得像炭一样的头发被精致地编成辫子，她的眼睛像怀表一样大，偶尔一瞥，让人感觉很可怕。老太婆应该是保姆或者下人，也可能是亲戚，她叫列奥奇耶夫娜，年轻的太太叫季娜伊达·帕夫洛夫娜。

听说发了通缉令，但是我们这里从没收到过通缉令。季娜伊达·帕夫洛夫娜很用心地祈祷，一切都很得体，但看得出来，似乎有什么事情在困扰着她。随后她就连续三次礼拜没来。听佣姆说，她的主人生病了，她想去城里买药，但被主人拒绝了，她选择留在家里喝草药。有一天傍晚，我从森林里砍柴回来，突然听到客人敲窗户。我把马绑在一根柱子上，走上台阶，在门口就开始祷告。突然，我听见屋里有人说："阿门。"随后就没有任何动静了。我走了进去，没看见任何人。这时，隔着墙传出那位年轻的太太微弱的声音："进来吧，虽然我有病，但是穿戴整齐。列奥奇耶夫娜不知道去哪儿了，留我一个人在这儿，非常无聊，我有事找您。"

"季娜伊达·帕夫洛夫娜，您找我有什么事吗？"我不敢进去。我想，她既然能敲窗户，就不能从床上爬下来吗？

"您敲窗户是在叫我吗？"我问。

"阿廖沙[①]，我倒不是叫您，但我见到您很高兴，而且我找您有事。"

我确实叫阿列克谢，但她是怎么知道的呢？为什么她一直说有事呢？她找我能有什么事呢？我想了想，说道：

"我以为，您敲窗户是在叫我。"

"我没有敲，那是您的错觉。"她仍然从隔板后面回答说，"您请进来吧，我穿着衣服呢，我需要和您谈谈。"

我悄悄画了个十字，走了进去。季娜伊达确实穿好衣服躺在床上，但她的气色很不好，而且面颊烧得通红，眼神变得更深邃了。桌上点着蜡烛，

① 阿列克谢的小名，小说的男主人公。——译者注

还有一沓书信。我站在那儿不吭声，她望着天花板沉默。我咳嗽了一声，她还是望着天花板，低声说："我的上帝啊，我的上帝啊，怎么办呢？"她眼睛一眨不眨地痛哭起来。我向前迈了一步，问她：

"季娜伊达·帕夫洛夫娜女士，您怎么了？我去找列奥奇耶夫娜吧，您大概是发烧了。"

但她摇摇头，说"不用了"，然后继续说道：

"阿廖沙，您是既纯洁又善良的教士，您说句良心话，一个人会为了爱去杀死自己心爱的人，而杀人之后他会变成恶魔吗？"她说完，抬起头看着我。我想了想回答说：

"虽然我是修道士，但是我离纯洁还差得很远，至于您的问题，我不知道该怎么回答您。这样的问题应该请教长老们，我还年轻，对于这样的问题，我回答不了您。"

她好像没有听我说话，闭上眼睛说道：

"不会变成恶魔，对吗？阿廖沙，您觉得我有多大年纪？"

"二十二三岁吧。"

"大得多，您没猜对。"她笑了起来，又犹豫了一会儿说道，"阿廖沙，您觉得冷吗？"

"不怎么冷。"

"但我觉得浑身都很冷。"

"炉子烧得很旺，您肯定是由于生病而不舒服。是吃的药不管用吧。"

"不，我很健康。"

"这怎么能说是健康呢？"我沉默了一会儿，又说，"您找我有什么事情吗，季娜伊达·帕夫洛夫娜？"

她好像想起了什么，说：

“是有事情，但我不记得了。其实说实话，我自己一个人感到很害怕。”

这时有人敲门，那位年轻的太太从床上跳起来抓住我的手，她的手像火炭一样热，说：“小点声儿，这是彼得·普罗霍罗维奇！”

我环顾了一下四周，说道：“哪里有什么彼得·普罗霍罗维奇？不要那么紧张。”

她稍微平静了一些，躺下了，微笑着说：“这确实很愚蠢，当然，这更让我坐立不安。他怎么会从地窖里来到这儿呢？您是对的，但不完全对。”她完全平静下来了，后来又冷笑起来。列奥奇耶夫娜敲门走进来，随后，她问了保姆和我一样的问题：“今天冷吗，列奥奇耶夫娜？”

“有一点儿冷，亲爱的，我们很快就得走了。”

这时我说：“怎么回事？女士，太太病得这么严重，怎么能上路呢？”老太婆把我带到门口对我说：“兄弟，你快回去吧，我用酒精给她擦一擦身体。”而床上躺着的女人敲着床大喊道：“我怎么能走呢，我和他不能分开！”我在门后站着听了一会儿，那位年轻的太太不但没有平静下来，反而比之前更加狂躁，开始大声叫喊。后来我离开了，而她一直在叫喊。

礼拜过后，我把我的所见所闻都告诉了修道院院长，他咬了咬嘴唇说：“最好让她离开，她在诱惑你。”

我们的客人果然一大早就收拾好行李离开了，正如我们预想的那样，她们把那两个大包留给了我们，为逝去的人祈福，也为季娜伊达的健康祈祷。季娜伊达走的时候非常激动，她眼神迷茫，面颊通红，泪如雨下，她一直躲在保姆的怀里哭诉着什么，又怕说出来让人听到。而列奥奇耶夫娜也一个劲儿地安慰她、嘱咐她。于是，在极度的悲伤之中，她们离开了。

圣诞夜前夕，我们去查看那两大包奇异的食物。您猜怎么着？两个大包里没有火鸡、公鸡或鹅，而是一具切成块儿的死尸，被洒上樟脑油冻起来的。头、手、脚、身体都是分开的，是一个年轻人的尸体，看得出来是一个微胖的、魁梧的白人。我们所有人都吓得闪到一边，浑身都颤抖个不停，然后赶紧报告给修道院院长，完全不记得节日是怎么过的了。后来，我们从报纸上得知，这具尸体是彼得·普罗霍罗维奇，他被他的妻子季娜伊达·帕夫洛夫娜因为情感纠纷杀死。尸体被肢解、冷冻。到我们这儿之前已经运了三个星期。听说她被判无罪，理由是她当时处于精神错乱的状态，但在我看来，她不像是精神失常的人。

不久，我就离开了修道院，在外游走了一年，后来又回去了。我去过很多地方。但是，无论在哪儿，我都没有找到季娜伊达问我的问题的答案。

“是指什么问题？‘意外的食物’吗？”

“关于恶魔。”讲述人不作声了。我便问他：

“后来她怎么样了？”

他的眼神突然开始闪躲，支支吾吾地说道：

“我也不知道。”

“您还在寻找她，一直在寻找她吗？”

他小声地说道：

“可能吧。”

第三个星期二

吕翠媛 译

今天，我送走了我的丈夫。说真的，我特别想哭，但我看到所有来送行的人都强忍着泪水，所以，我也忍住没哭。后来，我感觉自己这样太虚伪了。虽然我的丈夫阿列克谢·彼得罗维奇对此一无所知，但我自己心知肚明。我的心情很沮丧，因为我心里总想着伊波利特……不应该，真是不应该啊！我开始认真地看着丈夫忧郁而灰白的脸，以便不去想另外一张长着凸起的红褐色眼睛、留着深色胡子的、红润丰满的面孔。这是一张与众不同的脸，貌似某种动物的。或许这就是一张动物的脸，但是，这些印象几分钟就从我的脑海中消失了。当然，这是我表现出来的对我的丈夫仅有的几分钟柔情，但这几分钟对我来说却弥足珍贵。这一切发生得那么突然，那么出人意料，就像人们常说的，还没等你回过神来，一切就这样发生了。我经常会遇到这种出其不意的慌乱时刻，就好像你被突然叫醒了一样。我好像是从旁观的角度审视我自己。我现在很难想象要走的人是我的丈夫阿列克谢·彼得罗维奇。当然，我爱他。不过，在他面前我从未表现过女人的柔弱，也从来没有过神不守舍的时候，从来没有过。而和伊波利特在一起的时候，我就有这种感觉，可能是因为我爱他吧。但有时候他也让我讨厌。而今天好像有什么东西让我的丈夫容光焕发……或许，这就是所谓的“如梦初醒”吧。我不知道是不是这样，我懒得去想！丈夫亲吻了谢廖沙，为他画了十字祈祷，然后把他抱了起来。我掀开面纱，才发现自己已泪流满面。

“不要伤心，阿妮娅，一切都会好起来的。”

如果不是火车急着要开，我可能会向丈夫坦白一切，那样也许我就做蠢事了。我应当自己承受和摆脱这些痛苦。但问题是，我并没有感觉到痛苦。旁边一个老妇人不停地亲吻着一个年轻的军官。我想看到他的脸，但老妇人不停地一边画着十字一边亲吻他。如果这个年轻人长得像他母亲，那么他应该很英俊。难以想象这个年轻的军官和阿列克谢·彼得罗维奇就要上前线打仗去了，他们都有可能战死沙场。火车车厢的样子与去克里米亚和出国旅行的车厢没什么两样，列车员的谈吐也没有什么特别的，旅客也是普通的旅客。女人们都在哭，女人们还有不哭的时候吗？这个时候我也哭了，但却是因为想到了我的情人……我的天哪，我的帕尔切夫[①]啊——我的情人啊！他正在火车站等我呢……千万不要忘了让谢廖沙和保姆先回家。难

① 与伊波利特为同一人。——译者注

道阿列克谢·彼得罗维奇真的会战死沙场吗？听说在战场上的人并不感到恐惧和慌张。对此我深信不疑。但我害怕死人……我甚至没出席舅舅玛尔克的葬礼。丈夫已经在站台上了。我再一次吻了他，我哭了，一边哭一边擤着鼻涕。

“小心，别摔倒了！夫人，火车就要开了。”年轻的军官隔着窗户对我说道。他确实很帅，但他长得一点儿也不像他的母亲。

“阿妮娅，我亲爱的，我们约好——从今天起，在第三个星期二要强烈地想念我。我也会想你的。”

“好的，会有什么结果呢?”

“到时候你就知道了。”

“第三个星期二？好的。”

“当然，我会给你写信。别忘了请维河日林斯基大夫过来，谢廖沙有点儿咳嗽。”

“好的，好吧。”

“千万别忘了。谢廖沙，你自己要提醒妈妈给医生打个电话。”

“我不会忘的。”

阿列克谢·彼得罗维奇摇晃了一下身体就慢慢随车远去了。谢廖沙像小山羊似的往前跑了，一个年轻的姑娘和一个穿着制服的仆人挽着一个老妇人也走了。我应该找到保姆，让保姆带孩子回去。但是，她却不见了踪影，而伊波利特正在路灯旁等着我呢……找不到保姆该怎么办呢？唉，这些老妇人怎么这么糊涂啊！

“妈妈，保姆在哪儿呢?”

“不知道，我正在找她呢，不知道。”

“别找她了！她会自己回来的……咱们两个走吧。”

“我还想去一个地方……”

“别去了，妈妈。咱们回家吧，爸爸都不在家了！”

“反正你也要睡觉了。”

“你也和我一起睡吧。”

最终，我们也没有找到保姆，就不得不回家去了。我不知道，伊波利特是否看到我坐上了马车。我只能给他打电话，表示歉意……不过说真的，我今天确实有点儿累了，而且在送走丈夫的第一天我就离开家也不太合适。

令人奇怪的是，自从丈夫离开后，我的空闲时间似乎更少了。确实，谢廖沙偶尔会闹一点儿小毛病。但也不完全是这个原因，现在的情况有点儿不同了。那天伊波利特虽然没有生气，但有点儿沮丧。不过他也表示理解我。可怜的他，似乎指望着我们能有更充足的时间幽会。他以为，我们几乎可以不用分开。也许，这一切本可以发生，但却没有发生，我也不知道为什么。但我没有放弃对他的爱，绝对没有。就连那些和他为数不多的见面都能让我感到异常兴奋，但我总是想起送别丈夫的那个夜晚。难道我爱上了那个被母亲亲吻和祈祷的年轻军官？他非常帅……不过，不，不会的……每当我清晰地回忆起那天晚上的情景，我就会越来越明白，那个军官无外乎就是当时车站上的一些细节和情景的缩影而已，更重要的是——我突然意识到，我在送人去前线打仗，而我送的人不是别人，正是我的丈夫，他已经不是那个普通的阿列克谢·彼得罗维奇了，而是一个大人物，是一个重要的大人物。那时我并没有完全理解，现在我明白了，其实就是那么回事儿。

今天我和伊波利特约好了在一起待一天。谢廖沙的病好了些，他被送到皇村我姐姐那里住一个星期。所以我不但清闲了，而且感觉有点儿孤单。

就像生活中经常发生的事情一样，往往故意安排好的让人高兴的事，总是事与愿违，很难让人快乐起来，不管是早餐啊，滑冰啊，午餐啊，还是看戏——这些我们预先安排好的一切，总是让我们失望。我尽力把这一天安排得满满的，一直和大家在一起，而不是和伊波利特单独相处。我不知道伊波利特是否注意到了这些，可当晚会结束时，我发现他的眼里充满了忧伤，就像一个孩子，虽然嘴上不说，但是期待着得到大人许诺过的礼物，却一直没有得到。

“你不冷吗？”伊波利特在剧院里问我。

“不冷。”我回答他，我不明白他想说什么。

“这戏太无聊了！”他一字一句地说。

还有一幕剧没演呢。在幕间休息的时候，我发现伊波利特非常想问我一个我非常清楚却不能马上回答他的问题。对于我的优柔寡断，对于他的不敏感，我感到很沮丧。我很生气，为什么他这么想，为什么他不直说。但他那不善于表达的脸是那么悲伤，以至于我有点儿可怜他了。我想尽量委婉地表达我的想法，可结果却流露出了埋怨和不满。

“伊波利特，你说得对，这里又冷又无聊。送我回家吧。”

“你想回自己家吗？”

“是的，送我回家吧。”

似乎，他还心有不甘。

“我在家里为你准备了点心呢！”

“难道我们说过去你那儿吗？”

“我以为这不用说，去我那儿是自然而然的事。虽然我们没有约定，但我非常想这样做。”

他难为情地，又有些不满意地不作声了。

“我没计划去你家，下次吧。我要回家。请送我回去吧。”

直到我和他在路口告别，也没有邀请他进门，那时他才明白，今天的一天都白费了。

我收到阿列克谢·彼得罗维奇寄来的两封信。他已经参加过战斗了，他描述得很平常，丝毫没有恐惧，描写部队转移的语气就像询问家事、询问我、询问谢廖沙一样。我把这些朴实的话语用彩色和图画标记起来，读这些话语比读那些文学作品和那些激动人心的新闻报道更让我印象深刻。对于有些地方，我反复读了好多遍，每次都从不同的角度去思考：时而从绘画角度，时而从心理学角度，时而从战争思想层面。有一天，在读信的时候，我好像突然醒悟过来，内心感到非常羞愧：难道我是如此残酷、如此冷漠、如此无情的人吗？在我的丈夫为国打仗、拼命、时刻面临危险的时候，我竟能如此胡思乱想，我愧对他（惭愧）！要知道，他可不是某一首诗歌中虚构出来的人物，而是一个有手有脚的人，是谢廖沙的父亲，是此刻在行军打仗的阿列克谢·彼得罗维奇！回忆他的面容、他的生活习惯、他的表情以及关于他的家事，我觉得战争更真实了。是的，他是一个普通人，更是一个英雄。如果在参战的前半年他说出这些豪迈的语言，我会认为他的英雄事迹不是真实的。阿列克谢·彼得罗维奇怎么可能说出这样夸张的语言呢？他只会经常说“看见了吗”“知道了吗”。在休息的时候，他打开自己的茶叶罐——罐盖上印着黄皮肤的中国人，像往常一样泡上一杯浓茶。我亲爱的！好在他没有漂亮的脸蛋，他虽然很讨人喜欢，但是并不漂亮。在我看来，一个二十五岁以上的帅气男人会做出一些不得体的事儿是正常的。这不是他们自身的过错。一个长得帅的男人，这是一件多么可怕的事儿啊！就像人们常说的“面首”。而伊波利特英俊潇洒，不令我讨厌。特别是当他背着光坐着的时候，看起来更帅。他有多大年龄？我猜，至少有三十岁。我的天哪！我和他是二月才认识的，不过才几个月而已！……我不明白自己为什么这么做！让我烦恼的是谢廖沙还在皇村姐姐家。我一个人的时候心情更加烦躁。当然，谢廖沙的身体在那里会恢复得更快！他在皇村的生活很好：那里既安宁，又平静，尽管孩子们不是很喜欢平静。我想起了冬天我在皇村度过的日子。空气清新的大平原总是让我心旷神怡，它是那么迷人，那么让人向往，那么广阔！

今天是我的命名日。我无法拒绝伊波利特的请求，就从皇村直接来到他那儿。我觉得当我坐车来到我情人家的时候，我还能感受到那金色林荫路上的平静。伊波利特在等我吃早饭，他的眼神是那么迫不及待，那么激动万分。我觉得每一次不经意间与他的眼神对视的时候，他的眼睛似乎都在燃烧。倒酒的时候，他的手在轻微颤抖。虽然我确信，我是让他如此兴奋的唯一原因，但是他明显表现出来的激动却让我欢喜不起来。我可能只是需要坐上一会儿，才能从皇村归来的心情中转入约会状态。我戴着帽子，背对着窗户，坐在冰冷的壁炉旁，尽量不去看正在那儿忙碌的伊波利特。

“请用餐吧！”他开玩笑地说完，就在旁边垂手而立。

他的眼睛是低垂的，好像害怕我会发现他眼里的欲望一样。伊波利特很英俊，偶尔还能变成一个诙谐幽默的人。我似乎应当想起什么事情来，可是此刻却想不起来了……算了，以后再想吧，总会想起来的……

我们匆忙吃了早饭。我们喝了酒，为我的健康、他的健康和我们的健康干了杯，同时也为我们的爱情干了杯。我偶然看了一眼窗外，窗外是灰蒙蒙的天空和潮湿的屋顶，外面下雨了。

整个一夏天，我们都住在距普斯科夫十五俄里远的地方。黎明时，在阴雨天气里，我们坐船进城，常常被冻僵了。我想起了我的丈夫，他一定在战壕里或是在路上挨着冻呢。我不开心，并不是因为他在挨冻而我在温暖的地方和别人喝酒，而是因为我和他之间的生活反差越来越大，这是一个既复杂又简单的原因，是因为我觉得阿列克谢·彼得罗维奇对我来说，就像可爱纯真的谢廖沙一样，是我最亲的人。因此，眼前的生活让我感觉无聊，唉，真是无聊透了！

“您今天不开心吗，安娜·彼得罗夫娜？还是有什么心事呢？”

“没有，没有，我向您保证。”

“您为什么这么忧郁呢？难道是您不爱我了吗？”

“您怎么能这样想呢？请相信我，我还像以前一样。”

伊波利特坐到我的旁边，拥抱了我，我没有挣扎，继续看着窗外。

“这样的天气让您觉得很无聊吧？如果您愿意，我就放下窗帘，我们可以想象院子里有暴风雪在肆虐，有南方平静的夜晚和非洲阳光明媚的晌午，想什么都可以。”

“不，不要放下窗帘，我这样想着就行了。我在想，我怎么会在这里？”

“我有些搞不明白。您怎么会在这里？为什么您不能在这里？您爱我，我也爱慕您……您脑子里怎么会有这样的想法?!”

“不是这样的，不是这样的。”我站起来低声说。

“那是什么困扰您？亲爱的，和我说说……”

“啊！伊波利特，我害怕，害怕您不理解我，或者还有更糟糕的原因。您是不会真正理解我的。”

“什么时候我不理解您了？那谁能更理解您呢？难道不是我这个疯狂爱着您的人更理解您吗?”

“这不是您爱不爱我的问题，而是因为您过于敏感了，不是吗……”

“那您说说，说说我哪里过于敏感了。”

他又坐到了我的对面，拥抱了我，说：

“我们今天有点儿神经紧张，是因为命名日的原因而心神不宁……”

他笑了笑，然后像猫一样用胡子搔摩我的脖子，我轻轻地推开他，对他说：

“我不能和您在一起，伊波利特……”

“您在胡说什么呢？”

“不，我没有胡说，我是认真的。”

“您着急去哪儿吗？为什么我们不好好安排一下，让今天的日子不会白白浪费掉？”

“不是那样的。”

“那是什么呢？”

“其实我不能跟您在一起。”

“您不爱我了？可是，安娜·彼得罗夫娜，这不可能，这太荒唐了……”

“我说过，您总是与我的想法背道而驰。”

“可是我怎么才能让您明白呢？我懂了，您不再爱我了！”

“完全不是那么回事儿，我不能和您在一起。”

“难道这不是一回事儿吗？到底发生了什么？发生了什么？哦，冷静下来，告诉我，到底怎么了？”

他那样害怕，那样激动，这让我很过意不去。他那么英俊漂亮，但我感觉自己离他无比遥远。窗外，雨不停地下着。我感到很无聊。也许伊波利特说得对，我不爱他了，有时候，这种事不知不觉就发生了。他期待着我的解释，但我自己都不明白，还怎么和他解释呢？

“您不可能不爱我了，而且，这已经是您丈夫离开的第三个星期二了……”

“什么第三个星期二？”

“就是他在八月十九日离开，而今天是九月九日。”

“九月九日?”

“是的。”

可能是我脸上洋溢出来的快乐刺激了伊波利特，他突然大声地说:

“看吧，您是多么卑鄙呀!”

“是的，我很卑鄙。”

“我还以为，您今天就是心神不宁呢。”

“您是对的，我完全不爱您了。是的，也可能，从来就没爱过。”

“怎么会这样啊?”

“不要说了。再见吧。解脱了，上帝呀！终于解脱了!”

伊波利特可能觉得我疯了。我疯了吗？我也不知道。此后，我就再也没有见过他。也许，他已经离开了这里。但这第三个星期二是我生命中最幸福的一天。太好了，以前我从没真正对阿列克谢·彼得罗维奇坦白过我的爱情!

娜杰日达·苔菲

雅加妖婆
别墅区
列昂季爷爷
圣洁之愧
罐子里的小鬼

娜杰日达·苔菲

娜杰日达·苔菲（1872—1952），原名娜杰日达·亚历山德罗夫娜·洛赫维茨卡娅，苔菲为其笔名。苔菲生于圣彼得堡一个知识分子家庭，姐姐玛利亚·洛赫维茨卡娅是著名诗人，曾三次获得普希金文学奖。在家庭氛围的熏陶下，苔菲展现出对文学和诗歌的偏爱。苔菲的作品形式包括诗歌、剧本和小说，尤其以幽默短篇小说闻名。她在报刊上发表数百篇随笔、评论、小说、诗歌等，并出版了小说集《幽默故事集》《于是变成了这样》《旋转木马》等。苔菲天生富于幽默感，想象力极为丰富，她擅长用夸张的手法、调侃的语言，把人们身上的弱点展现出来。苔菲是俄罗斯文学史上承前启后的幽默大师，她继承了果戈理的讽刺风格，又极大地影响了后来者。

雅加妖婆

张婵译

童话故事里讲道："雅加妖婆白骨爪，石臼当坐骑，捣杵赶着走，掸子扫扫无影踪。"

语文老师说："雅加妖婆曾经是掌管暴风雪的女神。"

在孩子们的故事书中，雅加妖婆被描绘成一个瘦小野蛮的老妇人，她长着一双凶恶的绿色眼睛，露出尖牙利齿，灰白的头发梳成辫子，一双骇人的只剩下白骨的腿——"啊呜"一声就把小孩儿吃掉了。

似乎"女神"这个词更能让人联想到一个人美的一面。比如，女神维纳斯和狄安娜，我们见过她们的雕像，那简直就是完美的典范；也听过"如女神般美好"这样的形容，所以当一个残暴的妖婆，这个既凶狠又丑陋的老太婆突然成了我们的女神时，就让人感到既荒唐又可笑。

是啊，说真的，我们古时候的神仙有哪一个是漂亮的呢？春之神列尔？不过她不大为人所知，甚至早已淡出了人们的记忆，鲜有流传。

流传下来的都是带有负面色彩的形象——家神、树怪和雅加妖婆之类的。

家神是个冷酷的怪物，虽说掌管着家里的事务，可他却像个老农奴主，专横又喋喋不休。他在马房里任性胡闹，他折磨着马匹，把姑娘们掐得青一块紫一块的。毫不夸张地说，他就是个劣迹斑斑、极其自负的东西，为所欲为，喜欢的就做，不喜欢的——管他呢！

树怪——只要提到他的名字就会让人害怕，他在森林里咆哮着吓唬人，把人们引到密林深处，让他们迷路，没有一件好事能跟他联系到一起。他是一个残暴无比的家伙。先是把人们迷惑住，然后把他们引到歧路上去杀死，最后再盖上枝蔓高高的野草来掩盖踪迹。

只有美人鱼的形象是美好的，不过人们只见过她一次，这是因为她能用美貌和温柔迷惑人走向死亡，用楚楚可怜的样子勾去人的魂儿。一个娇小的女人出现了——确切地说，她并不是女人，她的下半身是鱼尾。正因为这一点，她才坐在低矮的水面上，将尾巴藏在水草中。她娇小、温柔且怯生生地坐在那里抽泣——如果她只是坐在那儿对着人招手，也许不会有人过去，可要是她梨花带雨，你又怎会舍得不走近她呢？毕竟她是那么楚楚可怜。她正是利用这怜悯之心才把人引诱了过去，这个女神可真是危险无比啊！

然而，在这些神当中，雅加妖婆却是最为凶恶也是最有故事的。不仅如此，她最具俄罗斯民族特色，其他民族文化中并没有类似的女神形象。

雅加妖婆住在森林边上一个搭建在鸡爪子上的小木屋中，小木屋既没有门，也没有窗。正如每个故事发展到最后大家所看到的那样，小木屋其实是有门的，只是它朝向了森林的另一边，机灵而善良的年轻人不知从哪儿打探到了咒语：“小木屋，小木屋，向我这边转，森林转后边。”于是，小木屋就转了过来。

雅加妖婆独自一个人生活，仅有一只猫与她做伴。即便她神通广大，也不能忍受形单影只的孤独，她养猫是因为沉迷于猫低沉的呼噜声，她喜欢抚摸它柔软细腻的皮毛，感受它身体的温暖，享受猫带给她的安适生活。雅加妖婆憎恨人类，她从不主动去寻找人类，是人们自己来到她的地盘上，对她连哄带骗，打探各种智慧的秘密。每一次跟人类打交道，她都会感觉自己受到了欺骗和凌辱。

她知道，只要一嗅到人的气味儿，她就要倒霉了。

一个善良的年轻人来了，他谎话连篇，许下空头诺言来换取他要打听的消息，然后耍个滑头溜掉，你别指望他会心存感激，也别期待有任何回报。

每当雅加妖婆听到咒语，鸡爪子上的小木屋转了方向的时候，等待她的就是不可避免的灾难，可每一次她又都因一时糊涂而相信人的良心：

“我不可能总是上当吧。”

这不，一个孤苦伶仃的小姑娘来了，继母把她赶出门，想让她来送死。雅加妖婆知道，这个人类的小崽子，虽然看起来又瘦又小、可怜兮兮的，可她狡猾着呢。她身上带着小木梳、小毛巾，还有一小块儿肥肉，要是她把肥肉给猫吃上一点儿，那么猫就会听她的话。正是这只温柔可爱的小猫咪，平日里对雅加妖婆百般谄媚和讨好的家伙，如今倒成了叛徒。要是给小木屋的门轴上点儿油，它也会嘎嘎吱吱地转过去，出卖它的主人。到处都是背叛，这让雅加妖婆感到十分烦闷，她坐在那儿，面露凶相，磨着她的尖牙。

“真该把那些狡猾的家伙都吃掉的，让那些人都无法得逞。”人们又来了，对雅加妖婆的秘密趋之若鹜。正如每次一样，对她哄骗之后，他们又不出所料地全溜掉了。

猫叛变了，不忠诚的门放走了狡猾可恶的小姑娘，雅加妖婆急忙去追。小姑娘把小木梳往地上一扔，小木梳长成了茂密的树林，雅加妖婆咬断树木，冲出密林。小姑娘又扔出了小毛巾，山谷中出现了一条宽阔的河流，雅加妖婆开始喝河水，河水被喝干了。可这时小姑娘早已经跑远，再也抓不到她了。就这样，可恶的小姑娘打探出雅加妖婆所有的秘密，并将秘密带走了。

雅加妖婆坐在她搭建在鸡爪子上的小木屋里，紧盯着树林，唉，真无聊啊，冬天快来吧。

春天是个令人不安的开始，大地焕发勃勃生机，无论是动物还是人类都在恋爱，狡猾的小幼崽出生了——这简直是森林里的灾难。这之后是炎热的夏天，森林沙沙作响，树木在炽热的空气里沸腾着，将种子随风播撒，直到完成自己的使命才心满意足。愚蠢的森林啊，你真是个老蠢蛋，你居然那么热爱生命，热爱永恒的大地。

秋天来了，就要下第一场雪了，雅加妖婆开心起来。

终于，冬天来了。

风呼呼地刮着，风神的子孙是雅加妖婆的朋友，他们也性情暴躁，凶恶无比。暴风雪将道路掩盖，亮晶晶的雪粒迎风飘起，风雪呼啸着，试图征服一切，雅加妖婆的好日子来啦！

雅加妖婆坐在石臼里，她挥动着捣杵，石臼沿着土墩颠簸、跳跃、疾驰，一飞冲天，湮没在风雪的旋涡中。雅加妖婆散开的头发一绺一绺的，上面满是冰雪，只有她的白骨腿露在外面。她的样子可怕至极，伴着暴风雪的呼啸声，她自由自在地翱翔在大地上方，威猛无比。

有人见过她吗？正如勇士们在战场上见到女武神瓦尔基里[①]便会殒命一样，看到雅加妖婆的人也会被冻成冰块，一命呜呼。

雅加妖婆从石臼里一跃而出，她唱起了歌，跳起了舞。她抓住白桦树柔韧的枝干，时而揉搓，时而捻转，时而弯折，将它们弄断。周围只有纷飞的雪粒，宛如银色的烟雾呼啸而过。她看到裹住玫瑰花丛过冬的稻草人，于是冲向他，搂住他开始跳舞，就像个喝醉了酒而吵吵闹闹的女人，她一把揪住他，将他推倒在地。

“放开我，”稻草人恳求道，“不要折磨我！我不需要你！我心里只有玫瑰花！”

雅加妖婆发出号叫声，她痛哭着，发了狂似的四处盘旋着。她重新在大地上空飞驰起来，在山谷间乱窜，寻找下一个可以攻击的对象。

她发现一个过路人，这人刚好爬下雪橇去找路。啊哈，来得正好，她先把他转晕，再扔到雪堆里，然后用雪蒙住了他的眼睛。

他这是要去哪儿？是去找一个叫玛莎的姑娘吗？那姑娘活泼开朗、温柔可爱吧，她怎么就看上了他？他现在就像个雪人，睫毛是白的，眉毛是白的，帽子里露出的鬈发也沾满了冰雪。就让暴风雪再猛烈一些吧！难道他是被玛莎迷住了吗？她有什么了不起的！不过是一个毫无本事的花瓶而已！他现在还能想起她吗？她用绿色且清澈的眼睛望向他的灵魂深处，发现他的内心既恐惧又喜悦，他的灵魂在歌唱，在欢喜，那是她一生中从未体验过的情感。

雅加妖婆啊！这个又老又丑的女人啊！你是个吃人的妖婆！可在我心

---

① 北欧神话中的女神，掌管战场上的死亡。——译者注

里你是那么神奇而伟大！你如冰雪般晶莹无瑕！你的歌声宛若天籁！我的女神啊，请将我带走吧，我愿奔向你赐予的死亡，无怨无悔。

暴风雪终于平息下来，鸡爪子上的小木屋依旧昏暗而温暖，角落里放着一把扫帚，它跟石臼相互使着眼色。背信弃义的猫正在昏昏欲睡，弓着背，打着盹儿，发出低沉的呼噜声。

雅加妖婆靠在炉边，头发上的冰雪化成水滴落到地上，破衣裳下露出了她的白骨腿。

啊，一切是那么无聊。

别墅区

张婵译

一

灰蒙蒙的天……灰蒙蒙的海……

细细的雨丝在空中飘洒成灰蒙蒙的薄雾……

第一批别墅度假者沿着泥泞湿滑的小路踱着步，他们三五成群、步履缓慢地走着，孩子们在前面走，老人们紧跟在后面。如果有谁掉了队，所有人都会停下来等他，静静地、慢慢地等，也不回头。

他们并不交谈，甚至听不到他们的呼吸声。也只有听见他们的胶鞋踩在泥地上的声音时，你才知道他们走近了……

就这样，他们沿着禁止通行的林中小路走到公园，从一个被禁止进入的门进到了公园里，门口有一个“严禁入内”的告示。他们看了看禁止攀折的树木，还有禁止破坏的草坪，然后走到河边，路过一块写着只允许女人游泳的灰色木板——上面的“女人”两个字用引号标记出来，还看到一个禁止“外人”使用的长椅……他们静静地折回到那条禁止通行的林中小路，孩子们在前面走，老人们紧跟在后面。

二

关于最早的别墅度假者，至少可以追溯到史前了，哪怕没那么久远，史书上却也没记载他们的来历，没有一个历史学家提到过这些度假者。

有几个坊间传闻多多少少涉及过这类人。

我不想逐字逐句地转述这些传闻，也不会保留它们的语言风格和色彩，我这么做有我的理由。我只讲最关键的。

第一个别墅度假者来自西方，他在乌科库克村附近停了下来，他环顾四周，用德语说着“喝啤酒”，然后就坐了下来。在他坐下的这个地方周边，很快就出现了槌球场、折叠牌桌，还有带红边的帆布围挡。就这样，第一个别墅度假者在这里度过了第一个夏天。

第二个夏天，他又回来了，还带来两个钓竿，领了四个小孩儿，孩子们细胳膊细腿的，都戴着白色的鸭舌帽。他的周边又出现了绿色的栅栏、便携式冰盒和枝繁叶茂的白桦树，别墅度假者把白桦树修剪得很整齐，用剪下来的树枝教训孩子们。第一个别墅度假者就这样度过了第二个夏天。

第三个夏天，他再来的时候带来了吊床、旗子及八个戴着白色鸭舌帽的、细胳膊细腿的孩子，还领来一个窄脑门大喉结的、骑自行车的人。这一次，这里多了一个别墅看管员，并要求他出示这里的居留许可证。可他没听懂看管员的意思，于是又来了一个警察，在得知他不会说俄语后，警察想了想，用外语说："请出示您的证件。"然后他们明白了对方的意思，就这样，第一个别墅度假者在此地扎下了根。

他的生活圈开始出现带栅栏的花园、留声机和沿街叫卖的小贩们。

第一个别墅度假者开始在这里生儿育女、繁衍生息，他的子孙后代占据了奥泽卡、拉赫塔、列斯诺耶、乌捷尔纳亚和帕尔格洛沃地区所有的土地。

后来这里才有了现在的这番景象。

三

别墅看管员与普通的看院子人员有着本质上的区别。

他长着一张圆圆的脸，脸上带着一种根深蒂固的、很可能是来自家族遗传的愚蠢表情。

他只在夏天出现。冬天他在哪里？在做什么？到现在也没人知道。或许他是跟虾在一个地方冬眠吧。我知道这个说法并不具有说服力，惭愧的是，我承认到目前为止我仍然对虾的住所一无所知。很多人信誓旦旦地要把这件事弄清楚，但是似乎没有人实现过这个诺言。

不管怎样，正如普希金的诗中写的那样，"在美好的春光之后"夏天就会来临。别墅前的小花园被阳光照得暖暖的，别墅看管员在栅栏附近摆出《西斯廷圣母》[①]中小天使的姿势——支着双肘，脸上发着光。

别墅看管员的工作繁重而又多样化。

早上五六点钟他就开始起床忙活了：把一些旧木板拖到窗户那儿，然

① 意大利文艺复兴时期画家拉斐尔的圣母圣像代表作。——译者注

后开始往木板上钉钉子，有时木板上带着铁片，锤子敲得叮当作响。直到头发蓬乱的别墅度假者们从窗户里探出脑袋，发出歇斯底里的抗议声，他才放下锤子去休息。众所周知，人在清晨是睡得最沉的时候，如果别墅看管员是个朴实的勤快人，那也至少需要大干半个小时才能达到他想要惊醒这些度假者的效果。

别墅看管员窥伺着时机，等到那些哀号抗议的度假者完全醒来，待他们穿戴整齐，平复了心情，走出房间到露台和小花园中享受晨间的微风时，他就抓起扫帚开始清扫，扬起阵阵尘土。他有条不紊地、慢慢地扫着，当土地变硬时，他更是要不遗余力地在上面扬上一些干沙子。当度假者们受尽折磨，快要被扫起的灰尘窒息，只能无可奈何地离开，纷纷跑去田野、森林和峡谷时，他就又去休息了。

在这之后，他一直要“忙碌”到晚上：他坐在门卫室里，用一只眼睛盯着粘在墙上的一块破镜子看。

晚上，他站在门口，将右手大拇指翘起来挠一挠自己的左肩处，这个时候他也不放弃给别墅度假者们制造麻烦，并以此为乐。他让来这里拜访朋友的人误以为别墅是空着的，或者是人们已经换了别墅，或者是还没有搬进来，又或者是他们彻底搬走了。邮递员经常被他打发到别的地方，有时是铁道外，有时是树林里，这样他们就很难找到走出来的路了。人们总也收不到电报，要是这样使坏都不成，他就干脆把电报扣下来，最快也要三天以后才把电报送到别墅度假者们的手里。

别墅看管员夜里不睡觉，而是一直在吹着口哨逗狗，狗不停地吠叫，这样一来，度假的人也就没法儿睡觉了。

他每周去拜访住客两次，时不时地接受他们用钱来表达对自己的感激之情。

四

没人信任别墅里的时钟，人们参照火车、轮船、冰激凌小贩和公职人员的时间来生活，当然了，有时这会引起一些不便。打个比方，您的吃饭时间通常是参照一个歪戴帽徽的红头发官员的作息，当您看到他从火车上跑下来的时候，就意味着您该吃饭了。而一旦这位官员有事要忙，甚至更糟的是，他晚上有一个会议——据他妻子说，会议得开上几个小时，一直要开到早上六点——这样一来，您就待在那里吃不上饭了。

再比如，如果您已习惯了在五点那趟火车到达的时候喝茶，可不幸的是，有一趟火车突然在四点半的时候到了。您就会感到焦虑，打算问问家人的意见，有人会说这是三点的那趟火车晚点了，而有人会认为这是五点的那趟火车早到了。有人建议您喝茶，而有人坚持说让您再等等，家里出现了分歧，生活开始一团糟。

我就不说轮船了，参照轮船的时间本来就很困难，讨人嫌的农村孩子学会了熟练地吹出像轮船汽笛一样的喇叭声，于是一个正直的、容易轻信别人的文职官员就会连续吃四次早餐。这样一来，他在屠夫和菜贩那儿就会多付不少钱。

每天去城里工作的官员们也彼此参照着生活。

这是一条通往火车站的长长的街道，街上有两排别墅。早上九点的火车到达之前，每个别墅的窗户上都会出现一副慌张的面孔，观望着，直到远处出现了一片尘土……

“是谁？是谁？”整条街道上都是这样的声音。

“没事，这不过是上校刚刚出发而已。”有人平静地说。可歪戴帽徽的红头发官员是参照着上校的时间来过日子的，他抓起皮包拔腿就跑，直奔火车站。

在看到他之后，肥胖的税务员才开始移动身子，他把两个三明治一齐塞进大衣口袋里，缓慢而费力地走上了马路。

把税务员当参照的是两个教师，拿教师们当参照的是个牙医，拿牙医当参照的是个银行官员，拿银行官员当参照的是做家庭教师的大学生，拿大学生当参照的是一个从事音乐表演的年轻小姐，拿年轻小姐当参照的是一个穿黄色鞋子的办事员，拿办事员当参照的是一个当地的医生，拿医生当参照的是一个养着两条哈巴狗的绅士。

每个人都清楚自己的“参照物”，并且只关注自己的“参照物”，在所有的“参照物”之中打头阵的总是上校。

有一天，灾难发生了，上校睡过了头，所有的别墅度假者都没赶上火车。只有那个从事音乐表演的年轻小姐飞快地跑过，但她忘了带上那个用法文写着“音乐”字样的文件夹，她简直要疯了。

五

第一批别墅度假者踱着步，孩子们在前面走，老人们紧跟在后面。他们从一个带木板的小木桩走到另一个，然后停下来，读着上面禁止做的内容。

灰蒙蒙的天……灰蒙蒙的海……

列昂季爷爷

胡海燕 译

午饭前，孩子们去凉台上看了一下，可是马上就跑了回来。凉台上坐着一个人。这个人个头不高，灰头土脸的 头发花白，低眉顺眼的，很谄媚，佝偻着身子。

“这是谁呀?”

“我们去问问爱丽维尔卡尔娜。”

爱丽维拉·卡尔洛弗娜[1]正在面包房里忙着做面包，因为梨子果酱变酸而生气呢。

“这是谁？你们的爷爷！列昂季爷爷，他是你们爷爷的弟弟。”

---

① 与爱丽维尔卡尔娜为同一人，爱丽维尔卡尔娜是其小名。——编者注

“他为什么坐在那儿呢?”瓦利卡问。很奇怪，这位爷爷不像其他客人那样在大厅晃来晃去。既不和大家寒暄，也不笑着问好……只是一个人孤零零地坐在堆满了脏盘子的餐桌那儿。

“他穿过花园走过来，然后就坐在那儿了。”爱丽维拉·卡尔洛弗娜回答说。

“那马在哪儿呢?”瓦利卡问。

古里卡低声地重复一句:

“那马在哪儿呢?”

“他走着来的。”

孩子们走过去，从门缝里看着那位走路过来做客的爷爷。

而那位爷爷仍然坐在那儿，时不时看一眼，像受惊的麻雀。他的膝盖上有一个漆皮包，黑色的，皮包旧了，翻盖处已经泛白了，许多地方已经坏了，用绳子左一道右一道地系着。

孩子们吓坏了。

“他看着咱们呢!”

“看着呢!”

孩子们都走开了。菲尼卡光着脚踩在地上，吧嗒吧嗒的。接着，叮当摆放餐具的声音响起来，爱丽维拉·卡尔洛弗娜喊了一嗓子:

“开饭了!”“开饭了!”

楼梯上应声响起了脚步声，父亲下楼来吃饭了。

“爸爸，那里有个爷爷，列昂季爷爷在那里……来了就一直坐在那儿了。”

“我知道，知道。”

父亲不知道为什么有些不高兴。

大家都到凉台上来吃饭。

爷爷站了起来，在一个地方鼓捣着什么。当父亲和他问好的时候，他久久地摇晃着父亲的手，很可笑。然后又坐在餐桌旁的那张椅子那儿。

“过来跟我们一块儿坐啊，您在那儿干什么?”父亲说。

爷爷脸红了，急急忙忙地坐在了桌子角那儿，然后把自己的漆反包藏在了凳子下。

“我带了点儿东西……老年人出门都这样!”他解释说。确实，老人们总是会带这样的漆皮包出门。

喝汤时大家都不说话，只是当爷爷喝完一碗的时候，父亲对爱丽维拉·卡尔洛弗娜说:“再给他盛点儿……”

爷爷脸红了，手足无措。

“我饱了，我已经吃饱了!”

但是他接着又开始喝起来，偶尔斜眼看一眼主人。

“您这是从哪儿来呀?”父亲问。

“从科雷什金娜那儿来，从玛利亚·伊凡诺夫娜那儿来。离这儿不远，只有十三俄里。她一直想给我派辆马车，一直想，但是我没同意。天气很好，而且散步对身体也有好处。我们老年人，应该多散步。玛利亚·伊凡诺夫娜在建新的磨坊，很棒的磨坊。我在那儿待了三周，她一直想让我再住一段时间，一直想。嗯，我想过些时候再顺便去看看。”他说得很快，脸都因此有些红了，他飞快地瞥了大家一眼，怯生生地，仿佛在揣度，他讲的话大家是否喜欢。

“她建磨坊做什么呢?净瞎忙活……”

“是的，是的。”爷爷急忙说，“做什么呢……确实……瞎忙啥……”

“磨坊在会经营的人手里，当然，还能赚钱，而那里……”

“是的，是的，在会经营的人手里能赚钱……确实赚钱。”

然后整顿饭大家都不说话了。

午饭后，父亲嘟囔着有急事要做，上楼了。爷爷也不知道去哪儿了。

“爱丽维尔卡尔娜！他要住在我们这儿吗？”

爱丽维拉·卡尔洛弗娜不知道因为什么事情仍然不开心，一直没说话。

“他真是爷爷的弟弟吗？”

“不是亲弟弟，他是另一个妈生的。反正你们也不懂。”

“那他家住在哪儿啊？”

“他没有家了，被他女婿占去了。”

这位爷爷真奇怪，他的妈妈是另外一个人，房子还被占去了……

孩子们跑去看这位爷爷在做什么。

他们在台阶那儿找到了他。他坐在那儿，对着小狗别尔卡絮絮叨叨地说了很多话，只是不知道在说什么。

“这是我们的别尔卡。它是一只流浪狗，只会乱叫，晚上还不让人睡觉。”瓦利卡说。

“厨娘还用开水烫过它。”古里卡补充说。

两个人并排站着，小腿粗壮、圆润，瞪着大大的眼睛看着爷爷和小狗，风吹动着她们浅褐色的头发。

爷爷很喜欢聊天，他仔细地问了孩子们一些关于小狗别尔卡的事。比如，它是从哪儿来的，喂它吃什么。然后又给孩子们讲了一些自己知道的狗：什么样的，叫什么名字，住在哪儿，住在什么样的地主那儿，还有一些关于它们的各种各样的事情，好玩极了。别尔卡也听着，偶尔跑开了叫几声，耳朵警觉地听着马路上传来的声音，但是净瞎叫。话题从小狗扯到了孩子们身上。列昂季爷爷见过许多孩子，甚至可以讲上三天三夜。他记得所有人的名字，哪个女孩有什么样的连衣裙，哪个男孩有多淘气。

然后，爷爷给他们学地主葛尔尼茨基家的男孩克里亚——一位中国的舞蹈家——是如何跳舞的。他跳了起来，瘦小的个子，花白的头发，旋转起来，然后很快坐了下来，皱着眉，一直在咳嗽着。

“不好意思，我老了，我是老人了。你们自己试着跳跳，你们会跳得很好。”

三个人一起旋转起来，古里卡扑通跌倒了，别尔卡又叫起来，开心极了。

晚饭前，爷爷又佝偻着身子，不说话，坐在餐桌附近，像麻雀一样晃着头，直到叫他去吃饭。

在饭桌上，他又看着大家的眼睛，好像害怕有什么不妥之处。

第二天，爷爷已经和孩子们变成了朋友。瓦利卡告诉爷爷，自己的愿望是买一条带扣的腰带和一根跳绳，而古里卡没有自己的愿望，她也跟着瓦利卡说想要一条腰带和一根跳绳。

于是爷爷也说了自己的一个秘密：他一分钱都没有，但是女地主科雷什金娜答应过给他十卢布过节。她非常善良，而且她的磨坊也将是世界上最好的。十卢布啊！那时候他们就能过好日子了。他要先去买点儿烟草，爷爷已经两个星期没抽烟了，想得要命。要多买点儿美味的烟草，这样就能够抽上烟，还能抽久点儿。要是在某个海关那儿能买点走私货，外国的那种，就太好了。但是哪儿有海关啊，那里连个边境都没有。也只能买普通烟了，但是这已经很不错了。再买带大卡扣的腰带和跳绳。剩下的钱干什么呢？想了两天，用剩下的钱买点儿什么，冥思苦想，然后决定买点儿沙丁鱼，沙丁鱼真的很好吃啊！

只要科雷什金娜不改变主意，不会的，她不会改主意的。她是那么善良，那么有钱。还说用马车送爷爷呢！上帝保佑她。

在第四天吃晚饭的时候，爷爷眼神闪烁，支支吾吾地说，他明天应该去看看女地主科雷什金娜，她说过希望他去看她。晚上住一宿，早上就回来。

父亲对这件事漠不关心，他开始和爱丽维拉·卡尔洛弗娜用德语在说着什么。

爷爷完全听不懂或者说有点儿害怕，他佝偻着，不敢正眼看，手里的勺子微微抖动着。

第二天一大早爷爷就走了。孩子们自己在那儿瞎琢磨，他们决定不让爷爷买沙丁鱼了。要买几个房子，换着住，在这儿住几天，在那儿住几天。

可是快到晚上的时候，孩子们已经完全忘记了爷爷和她们的那些计划，因为她们又想出了新的游戏：往楼梯的缝里塞小草，这样苍蝇就有花园散步了。

第二天午饭后，爷爷坐着科雷什金娜的马车回来了。他很兴奋，从马车上跳下来，围着马车忙着转了半天，他很开心终于到家了。

“我是坐马车回来的，他们用马车送我回来的。”他对所有人说，虽然所有人都看见了。

他的眼睛由于开心眯缝起来，眼角布满了皱纹，很滑稽。但是他真的很开心。他跑上了台阶，小声对孩子们说：“别告诉别人我们有什么了……她给了我十卢布。这个给你们，看！”

瓦利卡没忍住，兴奋地尖叫着，直冲进父亲的房间。

“爸爸！爱丽维尔卡尔娜！科雷什金娜给了爷爷十卢布！爷爷会给我们买腰带，还有跳绳。”

父亲伸长了脖子，像一只准备发狠的大鹅，他看着爱丽维拉·卡尔洛弗娜。那位也紧闭着嘴唇，鼻孔冒着粗气。

父亲跳了起来，走到了楼梯那儿。

在那儿他吼叫了很久，说爷爷只是一个寄人篱下的，让他们全家人的脸都丢尽了，让这个家蒙羞了。还去向外人要施舍，他应该马上把这些可耻的钱还回去。

“尼基福尔！备马！你去把袋子还给科雷什金娜。”

爷爷一声不吭，佝偻着，完全像个罪人，他的罪过那么大，让孩子们觉得和他待在一起是可耻的，所以都回了自己的房间。

父亲吼了很久关于寄人篱下和耻辱的话，然后不再骂了，回自己的屋里去了。

孩子们好奇地看着爷爷要做什么。

爷爷就像第一天来时那样，坐在台阶上，用绳子捆着自己的漆皮包，然后一直在自言自语。那只流浪狗仍站在那里，专注地听着。

“所有人都生气了，真的生气了。”爷爷心惊胆战地自言自语，“难道这样做好吗？我可是个老人啊。为什么要这样对我啊？”

看见了孩子们，他很难为情，忙不迭地说：

“我现在就走，我该走了。有人叫我去一个地方呢！”

他没有看孩子们的眼睛，自己在那儿忙活着。

“一些地主还叫我去做客。他们那儿很好。”

也许，他们那儿很好，但是爷爷的脸上是伤心的表情，头摇着，像是在否认，他自己都不相信自己说的话。

“爷爷，”瓦利卡问，“你是寄人篱下者吗？什么是寄人篱下者啊？”

“你是寄人篱下者，”古里卡重复一遍，“什么是……”

爷爷佝偻着身子，走下了台阶。

“再见！再见！有人等我呢……”

显然，爷爷没听见孩子们的问题。

他走了，又转过身来看了看孩子们。

两个女孩子并排站着，小腿粗壮、圆润，都瞪着圆圆的眼睛看着他，风吹动着她们浅褐色的头发。

他走了。

别尔卡摇晃着尾巴，送他到大门口。

走到门口他又转过身来看了看孩子们。

女孩们已经不站在那儿了，她们更关心往楼梯缝塞草的事，哇啦哇啦地争论着什么。

爷爷等了一会儿，转回身，走了。

别尔卡警觉地竖着耳朵，在他身后狂吠了几次。

这只只会空叫的流浪狗啊！

圣洁之愧

张婵 译

从清晨开始，船就摇晃得厉害，在绕过一座海岬之后情况有所好转，临近中午时，乘客们从客舱费力地钻了出来，聊起各自的感受。

这是一个来自比萨拉比亚的大腹便便的地主，他边喝着兑过矿泉水的白兰地，边用轻蔑的眼神瞥向周围的人，说道：

“我一向经得住颠簸，男人嘛，只要端端正正地坐好——喏，像这样，然后把两个胳膊肘放到桌上，尽量什么都不想。我总能扛住的，男人嘛，重要的是——坐得端正。”

他的方法其实没什么作用，大家都记得，也就是在几个钟头前，他是被两个强壮的仆人架着胳膊才拖到了甲板上，上到甲板前他还在鬼哭狼嚎。

“哎哟，兄弟们，哎哟，这儿真不好找平衡啊！”显然，保持端正的坐姿没他说的那么容易。午后，当炎热渐渐褪去，头等舱的乘客们聚到了甲板上，和睦地交谈起来。

“充满男人气概”的地主去休息了，聊天的几乎都是女性：九位女士和一个男大学生。

女士之中有年轻的，也有上了岁数的；有盛装打扮的，也有穿着随意的。不过当中有三位女士与其他人明显不同，大家很有默契地将她们认定为“贵族太太”。三人岁数不大，看上去非常体面，穿得也精致，一举一动都很矜持，并尽量与别人保持着距离。她们坐得离大家稍远些，并没有参与到谈话中。

不一会儿，船长加入聊天的人们之中。

船长是个有趣的胖子，喜欢说俏皮话逗人笑，他笑起来全身都在发颤，眼睛瞪得大大的，喉咙里发出咯咯的声音。

“嘿！我们这儿是女士社交圈！大学生先生，您自己在甲板上散散步吧，我们这些女人就继续聊啦。”

大学生有些腼腆，他是个浅色眼睛的内向的小伙子。他走了几步，坐到旁边的长椅上。

“好了，”船长一脸认真地说，“下面我给诸位讲讲发生在我一个朋友身上的事，他也是船长。”

这故事其实是个上不了台面的笑话，女士们有些难为情，可当她们中一个商人家的年轻太太一下子笑出来时，其他人也跟着笑了起来。在一旁长椅上坐着的大学生用两只手掩住了嘴。

船长对此相当满意，他面红耳赤，甚至满身都是汗，他似乎又想起一个笑话。

“好，现在我要给你们讲一个叔叔的故事，这个叔叔用他侄女的名义买了块地，这是真事，信不信由你！”

新的笑话也是这样的段子，女士们嫌弃地直挥手，大学生走去船尾那里偷笑。

而船长却自顾自地开怀大笑起来，连他喉咙里咯咯的声音都那么动听，女士们再也忍不住，扑哧笑出了声。

在叔叔的笑话之后是教堂执事和商人妻子的故事，然后是关于两个老太太，还有什么糖饼啊，什么逃票啊，什么犹太人与老鼠夹的故事，这些笑话一个比一个好笑，一个比一个让人脸红。

女士们笑得完全没了力气，冒出了汗珠，笑声也从开始的哈哈大笑变成了咯咯的声音，直到笑得完全发不出声来。她们一边擦着眼泪，一边哼哼唧唧地发着牢骚。

大学生坐在那儿笑得全身都瘫软了，每个笑话刚刚开了个头他就开始大笑，可那会儿还什么都没讲呢，根本没到好笑的地方。

船长本人呢，活像一个被笑话浸满了的大海绵，他颤动着肥硕的身体，那些生动的、搔人痒处的话从他嘴里滔滔不绝地喷涌而出，甚至不必听他在说什么，只要看他那两个不停跳动的腮帮子，挂着汗珠的眉毛，乐得禁不住摇摇晃晃的大脑袋，你就会不自觉地咧开嘴，从胸腔发出笑声——嘿嘿！

成功地讲完一个笑话之后，船长向右边稍微转了个身，看到了“贵族太太”们。她们并没有笑，而是相互嘀咕着些什么，困惑地耸着肩，轻蔑地撇了撇嘴。

“装模作样！”船长得意地暗想，“等着瞧吧！我这就给你们讲个厉害的！”

笑话大获成功，商人家的太太笑得被水呛到了；另一位女士则抱着椅背，额头撑在上面发出呜呜的声音，不知道的还以为她在爱人的墓碑前痛哭呢。

可是那三位“贵族太太”只是互相看了看，毫不在乎似的又一次垂下了眼睑。

“这还不够？呵！”船长仍快活地想着，“瞧瞧，这几个假圣人！好吧，那我可要给你们讲教堂执事的故事了，别再摆出那副假正经的样子了。”

教堂执事的故事讲完了，就连大学生都没能忍住，他从座位上一跃而起，两只胳膊挂住船舷，脚底下像马蹄子刨地一样胡乱扑腾着。

一位女士笑出了猪崽儿似的歇斯底里的声音，其他人笑得眼泪鼻涕一起流，纷纷把头转向了别处。

“嘿，嘿！”船长没有停下，他继续说，“太太们，这个笑话，你们一定要给自己的丈夫讲讲，不过千万不要说是船长给你们讲的，这不合适！他们怕是不会喜欢了！就直接说这事发生在你们自己身上，这样他们肯定喜欢！真的！”

可“贵族太太”们连动都没动一下。

“岂有此理！”船长紧张起来，“这些圣人的嘴脸！伪君子们！就会扫别人的兴！”

他到底还是有些尴尬，连再讲一个笑话的兴致都没了。

听众们还没明白发生了什么，仍嘻嘻哈哈地做着回应。

讲笑话的人没了动静，就在这当儿，“贵族太太”们在众目睽睽之下起身走进了自己的客舱。

聊天的人们多多少少都有些发窘。

“太目中无人了！”商人家的太太开了口，“好像她们多正派似的。”

“真是够糟的！”另一位女士附和道。

“连个招呼都不打一声！这是对我们听下流段子表示不齿的意思吗？”

人们很快各自散去，为了掩饰自己的尴尬，他们突然开始聊起一些无关紧要的话题，像是闷热的天气、船上的颠簸以及行程之类的。

船长走向驾驶台，他把助手打发去睡觉，自己掌上了舵。

他的心里很不是滋味，并且越来越糟糕，这种感觉他之前从来没有过。

“蠢货，老妖精们！”他心里想，“好吧，其实——想想看，是我做得不对，给女人们讲那种下流笑话做什么呢？女人需要被尊重，因为她们以后也是要成为母亲的人，而我竟给她们讲了教堂执事的故事！”

他开始心烦意乱，于是喝起了白兰地酒。

“那些人也是够可以的！还是些有教养的女士呢，叽叽喳喳，跟老母鸡一样！家里有丈夫、有孩子，还能那么津津有味地听着这样的丑事！我也是要了命！在女士面前讲什么老鼠夹子！那可是些女士啊！就算是城里的醉鬼听了这些都臊得慌！呸呸呸！”

他一边叹气一边懊恼，人生中第一次受到良心的谴责。

“是啊，我很内疚，”经历了一个不眠之夜，在一瓶白兰地见底之后，他喃喃自语道，“可内疚又能说明什么呢？只能说明我不是个下流胚子……还是知道些羞耻的，我可以像尊重自己的母亲那样尊重女性。永远也不要做愚蠢龌龊的人。如果你是个满肚子笑话的下流胚子，那就应当掂量一下坐在对面的是什么人！一旦你恬不知耻地侮辱了一位品格高尚的女士，你就得为自己的行为赎罪！”

他洗了个澡，而且一反常态地只用了“野蛮人”和“卑鄙小人”这种算是客气的词来训斥水手。他穿上一身干净的衣服，甚至打算喷点儿香水，但是他完全想不起来该怎么弄，况且还有些不好意思。

“你啊你啊！竟然也来这一套！都这当儿了还讲究穿戴。”

他面带苍白、憔悴地出了门，走向餐厅，人们都在那儿等着船上的早餐。

向大家点头问好后，他步伐坚定地走向那几位“贵族太太”，开口说道：

“夫人们！请相信我的真诚！关于昨天的事我真的很沮丧！看在上帝的分儿上！我实在是太冒失了！请原谅我这个在海上漂惯了的老水手，我就是个习惯用蛮力的粗人！唉！可我还是懂得什么是礼义廉耻……女人……需要被尊重……”

“您在说什么呢？”当中的一个“贵族太太”疑惑地问道。

“请原谅！昨天我不知好歹，当着你们的面说那些话，我很抱歉！”

他差点儿要哭了，羞得面红耳赤，与昨天那个哈哈大笑的人判若两人。“充满男人气概”的比萨拉比亚地主不知所措地干眨着眼睛，气氛突然变得凝重起来。

“哎呀，是这样的！”忽然间，一个“贵族太太”恍然大悟，“我们完全不是对这个有意见啊！只不过是因为您一个笑话都没讲对，我们有点儿不高兴罢了。”

“是啊，是啊！”另一个女人附和着，“那个犹太人的笑话，您把结尾搞错了；还有教堂执事的那个……”

“教堂执事的那个，”第三个人插嘴道，“您从头到尾都弄错了，在床下的那个人根本不是他，而是那个丈夫，好笑的地方就在这儿……”

“您怎么能讲连您自己都没弄明白的笑话呢！”那个年长一些的女人数落着他。

船长转过身，将头埋进了双肩，像只做错了事的长毛猎犬，他整个人都蜷缩着，一声不吭地走出了餐厅。

罐子里的小鬼

张婵译

我记得的。

当时我七岁。

那时候我眼中所有东西都是大大的、长长的，日子则是无穷无尽的、过不完的。

这样的生活充满了天真烂漫的快乐。

那是个春天。

窗外阳光正好，太阳虽落得早，却在临别前羞红了脸，答应着：“明天我会待得再久些。”

人们拿来了圣星期六[①]的猫柳枝。

---

① 东正教节日，复活节前的星期六，在这一天进行弥撒等仪式，有将代表春天的猫柳枝带往教堂进行圣化和祝福的传统。——译者注

圣星期六比三圣节[1]要好得多，圣星期六正是人们对春天满怀期待的时候，而过三圣节时就要跟春天告别了。

顺着猫柳枝上硬硬的却让人舒服的毛球，小心地把它们折断，里面会露出绿色的幼芽。

“春天要来了！春天！”

在圣星期六那天，有人从市场给我带回一个装着小鬼的小罐子。

只要按住薄薄的橡胶膜，小鬼就会跳舞。

真是好笑又好玩的小鬼，他是蓝色的，有长长的红色舌头，光溜溜的肚子上有几个绿色的扣子。

阳光照进玻璃罐，我把小鬼看得更清楚了，他在笑，身上闪闪的、鼓鼓的眼睛凸了出来。

我也笑了，我转着圈，故意和着小鬼的舞蹈唱起歌来。

“一天，一天，没事瞎转！”

歌词可能不是很理想，但节拍却非常适合。

太阳也喜欢这首歌，它也在唱着，跟我们一起玩闹着。

我转得越来越快，按着橡胶膜的手指也越动越快，小鬼飞快地跳着舞，就像是着了魔，把玻璃罐侧壁撞得叮当作响。

“一天，一天，没事瞎转！”

“啊——啊！”

薄薄的橡胶膜被扯破了，水漏了出来。小鬼粘到了一边，眼睛依旧是鼓鼓的。

小鬼掉到了我的手里，我看着他。

---

① 斯拉夫传统节日，复活节后的第五十日。人们认为在这一天上帝创造了世界并给予大地绿色。——译者注

太丑了！

他瘦瘦小小，腆着肚子，两脚纤细又站不直，尾巴则像钩子悬挂在身体的一侧，他凶狠地瞪着眼睛，眼神恐怖而惊异。

“没事的，”我说，“没事，我把您装好。”

不能用“你”来称呼他，万一他不高兴呢。

我把棉花铺到火柴盒里，把小鬼放了进去。

我用绸布将他裹住，绸布没有放好，从他的肚子上滑落下来。

他恶狠狠地瞪着我，眼神中带着惊异，责怪我的粗心大意。

确实是我的错，毕竟他是个大肚子。

我把小鬼放到我的小床上，让他在我的枕头上睡觉，我自己则躺到下方，在巴掌大小的地方睡了一晚。

明早我要看看——他是不是还那样，眼神带着惊异，凶狠地瞪我。

第二天阳光明媚，大家都出去游玩了。

“我去不成，”我说道，“我头疼。”

于是我留了下来，像保姆一样悉心地照顾他。

我看向窗外，从教堂出来的孩子们有说有笑，正聊着什么让他们感兴趣的事。

阳光闪烁着，从一个水洼跳向另一个水洼，从一扇玻璃窗跳到另一扇玻璃窗，像小兔子似的蹦蹦跳跳地玩着捉迷藏！孩子们笑着，闹着。

我将这些指给小鬼看，小鬼瞪着眼，又惊又怒，他什么也不懂，感觉受了委屈。

我本想给他唱那首“没事瞎转”的歌，却又不敢。

于是我为他朗诵了普希金的诗：

我爱你，彼得兴建的城，
我爱你严肃整齐的面容，
涅瓦河的水流多么庄严，
大理石铺在它的两岸。[①]

这是一首非常严肃的诗歌，我认为他会喜欢，于是读得庄严又深沉。

读到最后，我紧张地看了看他。

我看到——他在发怒，眼睛瞪得简直要炸开。

难道我做错了吗？怎么办才好，我毫无头绪。

夜里我睡不着，感觉他在生我的气，气我胆敢也躺在床上，或许我挤到他了——我怎么知道呢。

我偷偷地掉了泪。

“别生气，小鬼，我会去你的火柴盒里睡觉。”

我找到火柴盒，躺在地板上，将火柴盒放到了身侧。

“别生气，小鬼，我这样睡挺舒服的。”

早晨我挨了大人的骂，嗓子也疼起来。我老老实实地坐在那儿，害怕地边哭边穿玻璃珠子，想为小鬼做个手环。

小鬼躺在我的枕头上，躺在枕头的正中间——那里软软的。阳光照得他的鼻尖闪闪发亮，他似乎并不认可我的举动。

我将这世界上最鲜艳、最漂亮的玻璃珠子穿在为他制作的手环上，难为情地说道：“这是给您做的！”

然而，手环毫无用处，他的爪子与身体贴得紧紧的，什么东西也

① 出自普希金诗歌《青铜骑士》（查良铮译）。——译者注

套不上。

“我爱您，小鬼!”我对他说。

而他依旧用惊异的眼神恶狠狠地看着我。

我怎么敢这样?!

我害怕起来——我怎么敢这样?!可能他想睡觉了，还是他正在思考什么严肃的问题，再或许，难道是“我爱您”对于他只有在午饭后才可以说?

我不知道，我什么都不知道，我哭了起来。

晚上，我被安顿到床上，吃了药，被子也盖得紧紧的，特别暖和，可我的后背总是发冷。我知道，等大人们离开以后，我就会溜下床，找到小鬼的罐子，然后钻到里面，我要唱那首“没事瞎转”的歌，我要一直转圈，转一辈子，我会在无穷无尽的日子里一直转，一直转……

也许，这样他会喜欢?

萨沙·乔尔内

无声的王国
假如我是沙皇
和平的战争

萨沙·乔尔内

萨沙·乔尔内(1880—1932),原名亚历山大·米哈伊洛维奇·格利科别尔克,萨沙·乔尔内为其笔名,俄罗斯白银时代著名的儿童作家、讽刺作家、散文家。乔尔内一生共出版了四十多部书和合集,还写了不计其数的诗。1905年11月27日,以笔名萨沙·乔尔内发表了第一首政治讽刺诗《乌龟》。1913年,开始在《现代人》杂志社工作。“一战”和“二战”期间,乔尔内创作的著名作品有散文集《白话故事》(1928),中篇小说《美好的夏天》(1929),儿童读物《教授巴特拉什金的梦》(1924)、《狐狸犬米奇的日记》(1927)、《猫之疗养院》(1928)、《红皮书》(1930)、《松鼠航海家》(1932)等。1928—1932年他创作了《士兵的故事》。

无声的王国

胡海燕 译

一

在喀尔巴阡山附近有一座森林王国，即使用伊凡雷帝的望远镜也看不见这个地方。有一个年轻的国王无聊极了 他叫上随从出去打猎。他狂走了数俄里，挥汗如雨……天气太热了。

林中的空地上有一棵榛子树，尽管这种灌木很茁壮，但是由于天气炎热也打蔫儿了，树枝低垂，树叶干得像石头一样，一动也不动。

随从将马拴在了榛子树上，国王大步向前走去。他拨开芦苇，找寻水源。啊，有条小河，可是已经干涸了。国王定睛向密林深处望去，他看见一棵橡树下面有一个从没见过的小茅草屋，烟囱没有冒烟，也没有狗叫，好像没有人。他挥了一下手，随从和护卫紧跟着他走了过去。

他们看见茅草屋的门歪歪扭扭的，已经要垮掉了，不管他们怎么喊人、敲门，就是没人答应。

算了，不和主人玩游戏了。主人不在，他们在门厅里找到了一样重要的东西。士兵们滚出了一个木桶，拔掉瓶塞，陈年的克瓦斯的味道扑鼻而来，所有人都兴奋起来。从国王到勤务兵，按照官衔大小，一个接着一个地用椴木舀子喝了起来。尽管有点儿沼泽的臭味，但是“要饭哪能怕馊”啊。在这深山老林里面能喝到这个已经谢天谢地了……

于是，我亲爱的朋友们啊，橡树国王吩咐下去：以他的名义给这位不知名的主人在长凳上放一些金币。他们喝光了所有的藏酒。但是由于太兴奋了，他忘记了说过的话，值班的将军没有把国王的命令传达下去，副官打着嗝儿，也没有提醒他，勤务兵也不敢说，给主人留金币的事就这样错过了。

小草刚刚安睡，灌木后的沙沙声也沉寂下来，嘚嘚的马蹄声渐行渐远。这时，从荒草里钻出一个人，长满络腮胡子，头发乱蓬蓬的，目光狠毒。他是森林里的巫师，也是这个茅草屋的主人。

他爬向门厅，他的脚小时候就变形了，在妈妈肚子里的时候胎位没有转正，分娩的时候腿被卡住了，所以生出来就这样了……他扳倒了木桶向里一看，里面一只厚脸皮的苍蝇嗡嗡叫着，正在吸食最后一滴酒。

他暗暗诅咒着这些不速之客，格瓦斯味道浓郁，用七种草配制，在地下室发酵酿成……要知道他可是爬遍了整个森林才找到了有酒香味的草啊！这下可好，都白白让你们糟蹋了！他在长凳上面、长凳底下摸索了一阵儿，这个国王喝光了酒之后哪怕给他留几个戈比也好啊。坐着国王的位置，可怎么能干土匪的勾当呢……

巫师气得涨红了脸，吐了一口浓痰。算了，他想，这个格瓦斯是个好东西，喝完打嗝儿还有酒香味……

他爬过门槛，在木板下面找到一块鼹鼠骨头，从一个小罐中倒出用蟾蜍的眼泪浸泡的蕨菜汁浇在上面，然后转向东方，国王的城池就坐落在这个方向，在森林的后面。他开始对着这块骨头念咒语：

“谁喝了我的酒，就让他的嘴巴不会说话，所有的人，包括他的亲戚、邻居、邻居的邻居、仆人、随从、他的子孙后代、整个王国的人从一出生就将闭口不语，让妇女们不再叽叽喳喳地说话，车轮也不会发出吱吱的响声，肠子也不会咕咕地叫，连打喷嚏都打不出响声……让周围的一切都变得静悄悄，就像湖面上升起的月光！

“我只允许飞禽走兽和地上爬的昆虫开口说话。

“我的咒语坚不可摧，我所做的事情牢不可破，各方鬼怪、天使都无法破解我的法术。呸，呸，谁胆敢破解，就让他见鬼去吧，就让他的头藏在灌木里，尾巴长在肩膀上，嘴上贴封条……”

他念完了所有的咒语，用细细的鞋跟踩了踩大地，狂笑了几声，又向有七种草生长的荒地爬去，准备做新的格瓦斯酒，他没有格瓦斯酒喝是不行的。

二

国王策马疾驰，身后的披风鼓起来，如生双翼。

怎么听不见随从的任何声音了呢？既听不见哨声，也听不见马蹄声。他回过头，看见所有的随从呈扇形紧紧尾随着他，只是有些奇怪。策马疾驰的声音像是风掠过水面，马铃不再叮当响，马蹄也不嘚嘚欢唱了。国王勒住马，掏出烟盒，想向值班的将军要火，他张开干热的嘴唇——

啊，除了呼气，一点儿声音都没有……一定是有什么东西堵住了！国王垂头丧气，他挥鞭无声地击落了橡树叶。随从和大臣们围了过来，离国王最近的侍从给国王点着了烟，但他却把烟扔在了地上，一点儿动静也没有，像篓中的鱼一样。他张开嘴，想要命令什么……但是如果说话的机器没有了发条，那还怎么能发出指令呢？

这时候，其他人乜开始彼此交头接耳，试图弄清楚国王怎么了。可是嘴巴张开，舌头却重似磨盘，说不出话来。是啊，如果闹钟被拔走了垂线，只有钟舌，又怎么能发出声响呢？

人们开始恐慌起来，拉着马在原地跑动转圈，大口地呼吸森林的空气，用手指打响指，可是一点儿动静都没有……应该有的声音都消失了，甚至连骂人都骂不了。

这时，一群狗跑了过来。他们被生革皮带紧紧拽着，抖动着屁股，眼睛冒着火，气呼呼地大叫起来：

“你们这是在打什么猎？灌木后面都能看见火红尾巴的狐狸，你们却不放我们出去！”

侍卫们大惊失色，猎人们也慌乱起来……听说过吗，人哑巴了，狗却开口说话了？狗使劲儿地向外挣，皮带断了，它们撒了欢儿地跑进了树林……啊，国王僵住了！他用手套擦了擦额头，对猎犬管理员做了一个愤怒的手势：吹牛角号，把这些畜生给我叫回来，这叫什么打猎呀……

猎人把牛角号放到嘴上鼓起腮帮子使劲地吹，可是牛角号发出的声音就像是鱼发出的声音一样，周围一片寂静。

国王害怕了，侍从们丢盔弃甲，在额头上画着十字，拽着马缰绳东一头西一头的……马儿们厌倦了做旋转木马，它们向骑手调转马头，龇牙嘶吼起来：

“嘶，嘶，真该打你们这些可恶的家伙几鞭子！就知道拉缰绳。兄弟们，看这些呆头呆脑的家伙在干什么，快点儿把我们赶回皇宫的马圈啊……看来，现在事情糟透了，他们这些人彻底被我们搞迷糊了。”

侍从们拉紧了马缰绳，一个跟着一个，四个人一组，一排一排地向金色的皇宫疾驰而去。小山丘上冒起一股白烟，马鞍上的骑手像被风吹着似的起起落落。没有马蹄声，没有积雪的咯吱声，林间空地上的白云在追逐着，快来呀，听吧，什么声音也听不到……

哑了的国王在正门的台阶处勒住了马，皇后出来迎接他，结果从楼梯上滚了下来，摔断了雪白的手臂，像被击落的天鹅。皇宫里也发生了灾难，她没有禀报，也无法禀报。儿子和保姆在屋前的小花园里玩，小声地说着话，他的声音就像溪水潺潺。突然，这声音像被什么东西卡住了，他张着嘴说不出话来，嘴里吐着泡泡……皇后急忙去找仆人，那里也出问题了。厨师揪着洗碗工，仆人揪着女佣的衣襟，嘴唇动着，想说什么，可是即使贴近嘴唇也听不见半点声音。皇后透过窗户看见了国王便跑了出来，结果一下子就从楼梯上滚落下来。而且她自己也说不出话来了。

国王摸了摸皇后圆圆的脑袋，向随从挥了挥手，意思是：“解散吧，我说，弟兄们，没必要大眼瞪小眼地彼此看着……”他把王子抱了起来，搂在宽阔的怀里，既没有问候，也没有回应。这样三个人走向了寝宫，走向了寂静，就像钻进了冰下……

皇宫里也不知道为什么出了一些怪事。

一些婆娘在井边闲扯，对她们来说最重要的事情就是编派邻居的不是。突然她们一个个就像被闷雷劈了一样……使劲地、使劲地想说话，但是却变成了一门门哑炮。她们开始变得很沮丧，耳根发痒。这时候，一只山羊从土堤那儿走到了井边，汗水淋漓，它扭过脸，气哼哼地说：

“说够了吧，肥婆们，醒醒吧！现在该给我们这些会说话的兄弟挤羊奶了。”

它开始责骂她们：为什么羊粪都堆起摞了；为什么不给山羊挤奶，要知道牧羊人早就把它们从山谷里赶过来了；为什么没有一个婆娘给山羊拿来黑面包和盐，而她们自己——这些自私鬼却在大吃大喝……“快去吧，羊奶都已经快涨出来了！”

婆娘们大怒起来，开始向山羊扔石头。让她们吃惊的是，投出去的石头打在羊肚子上，就像天使用翅膀扇落了蒲公英一样无声无息。更令人生气的是，羊还刨着蹄子来顶她们的肚子！

山羊忍啊忍，终于开始骂起人来了，骂人的话都是从兵营学来的。这些婆娘从未听过的粗话突然从羊嘴里连珠炮似的迸出来，婆娘们害怕了……这日子是怎么回事，好话、坏话都从山羊的嘴里说了出来，而婆娘们连呜呜声都吼不出来……

这时候，一个醉汉钻进了羊圈，他是酿酒车间的师傅。

他扯开喉咙，想唱歌，可是嘴里只是呵出一股酒气，连打嗝儿都没声音……这是什么没有王法的勾当呢？

他站住了，自己打着响指，可是没有听见任何响声。真是个没用的东西！他浑身酒味儿，一群苍蝇在他头上，在一片酒气中打着旋儿飞着，龇着牙……高兴极了，生来就不会说话的家伙，现在开始说话了：“啊，这是什么警卫！亲爱的，快看哪，他左右摇晃着，这是谁在搬他的腿呀？大概，他的腿早就该断了。倒下吧，大叔，草地很松软的……”

这个师傅大头朝下，无声地栽进了沟里。他沮丧透了：苍蝇，这个可恶的畜生都能说话了，而他却连身都翻不过来了。岂有此理！

远处，孩子们在玩打拐子游戏。漂亮精准的一击，本来应该获得满堂彩……可是喝彩声被卡住了：孩子们挥着手，却发不出任何声音。

他们害怕了，想大声地叫，但是听不见叫声……他们像无声的麻雀一样各自飞奔回家去找妈妈了。没有喊声，没有尖叫声，这是什么游戏呀！

男人和婆娘在酒铺对面的土台上坐着，他正想趁着晚上凉快责骂一顿婆娘呢，可刚想好挑刺的话，突然就哑了……他喝了口格瓦斯，闻了闻烟草，但是半句话也说不出来……他沮丧地捅了捅婆娘的腰，婆娘气急了，正想连珠炮似的向他发火，可是做不到，只能用眼瞪他……架都打不起来了，他们沮丧极了。如果惹恼对方的话都说不出来，还有什么架可打的呢？

他们的猫——格里申卡——顶着难看的脑袋，在篱笆那儿大笑起来：

“这就像往你们汤里加点树脂和老鼠一样，太奇怪了！……我从没见过这种事情。我们，就算是一只猫，从一出生也会喵喵叫，会吐唾沫，甚至会挠人。而现在，你们连话都说不出来，他推她一下，她捅他一下，只能彼此吐些口水……”

男人气急了，想抓住这只猫，但是很遗憾没抓住。他和婆娘回了家，既没吃晚饭，也没生火，躺在了木板床上……

背对背躺着，像双头鹰一夜无眠。

在荒废的房子后面的空地上，铁匠又在锻造着钉耙。他吹着口哨，吹啊，吹啊，干活不吹口哨怎么能行？可是口哨声突然从唇边被吹走了……他感到很惊讶，什么鬼东西，谁把他嘴唇给粘住了？他还没来得及表现出惊讶就发现：他挥锤打铁，既不叮叮也不当当了……鼓风机也不吱吱响了，火苗也没噼啪声了……到底是怎么回事……他挠挠头，吓出屁来，坐在了铁砧上。时间还不晚，可是周围却一片寂静，整座城市像被鹅毛毯子盖住了一样。好在有一群狗正在垃圾场啃骨头，像市场上那些乞丐一样，彼此对骂着。

“混蛋，滚出我的地盘！”“我听见混蛋在叫唤”……

“给她，给这个狗闺女腾地方，呸！她嘴里正啃着牛骨头呢，干吗还抢我的肉吃……”

铁匠叹了口气，跑去找附近的医生，看看他怎么解释，或许医生可以给他在说话的这根弦上贴上水蛭治一治。可是他从医生那里什么也没能得到：医生坐在地上，显微镜放在一边，自己揪着自己的舌头，什么话也挤不出来。

总之，整个王国的日子就这样了。法官不审案子了，商人不吆喝做生意了，旅店结满了蜘蛛网，没有人结婚了，孩子们也不参加洗礼了，也没有人庆祝生日了，人们也不去相互串门了……一片空寂中只有打墙上的蟑螂还有点儿意思。

而所有的家畜和家禽都被赶进了森林，让他们带着邪恶的话去见鬼吧，还想比人类更聪明，到森林里去死吧。没有牛让婆娘挤奶了，也没有牛说话了。

三

军队更是元气大伤。整个军队的士兵分散在各个角落，无声地、昏昏沉沉地嗑着瓜子。宫廷的守卫没法儿换岗，口令无法传递……这些不会变通的人即使站岗到白发苍苍，没有命令也不会坐下。国王亲自撤掉了守卫。守卫反对，却被他用权力制止了：散了吧，我说，各回各的军营晃荡去，哑巴国王不需要站岗……训练也取消了，没有洪亮的命令声，没有战鼓声，也没有军歌和队列操练，只有青蛙在军队的各班之间跳来跳去，而且还呱呱地叫。最初，人们想靠手势进行营队训练，可此举惹得乌鸦哈哈大笑起来，说：“第一连刚刚摆好镰刀队形，第二连就踩到了自己的裤子！”于是就放弃了训练。

将军们很郁闷，没人可以训斥了，茶炊冒着热气，茶水翻滚着。军官和司务长们都在无声地煎熬着，都变成了傻瓜，就像在水下被淹死的人一样，静静地膨胀着。既没饮料，也没甜品，士兵们各自在角落里啃着面包就着粥。如果吃饭时不讲笑话，没有俏皮话，那聚在一起又有什么意义呢？至于其他的人，和喜欢的人在小树林里散步……毕竟不能抓着姑娘就上床吧，还是要稍微聊一下的。

国王则萎靡不振。他停办了各种招待会，毕竟不能用眼神彼此劝酒。拒绝了所有外国客人的来访，关闭了边境。兄弟，要知道这可是耻辱：从其他国家来的客人都侃侃而谈，难道我们能在国宴上安排一匹母马同他交谈吗？那可就会被人家传出大笑话了……

国王和他变哑的儿子坐在寝宫里，无声地流泪。在这个宫殿里，孩子就像是黄雀，叽叽喳喳的，可是突然说不出话了，只能开始用手比画着说话。看着，心都碎了。

国王坐在窗边看着落日，用叉子叉着甜饼。对他来说，权力已经不是权力，食物也不是食物了……突然，他看见远处扬起了灰尘，人们潮水般地涌向皇宫，哑巴越聚越多。前面走着的是退伍兵费佳，他还很年轻，去年在站岗的时候遭遇了雷电，从那以后就变哑了。人群走近了，国王扒着窗户向外看……费佳嘀嘀咕咕地说着什么，手臂挥舞着，而他周围一大群变哑的人张着嘴，听着，听不够。哑巴开口说话了，而会说话的变成了哑巴，看来，树根很快就要朝上长了。

副官走进来，用手比画着表示：费佳想求见陛下，能让他进来吗？

国王忘记了戴上窗台上放着的皇冠，推开副官，直接跑向了台阶。

费佳在身上画了一个十字祝福，给国王深深鞠了一躬。他一开口说话，那声音就像一股暖风拂过人群。人类的语言真好听。

“不要悲伤，陛下！事情还没有到不可挽回的地步。那么现在，请允许我向您单独禀报，这件事情很重要。”

当着所有人的面说的秘密就像市场的雪，沾在鞋跟上的脏东西会被带走散播出去的……

国王亲昵地挽着他的手臂，把尊贵的客人请进了皇宫，关上了门。又带着他进了里间，也关上了门。静静地给他搬了一把椅子，自己则坐在旁边，侧耳细听，以防别人听见。

费佳开口讲道：“陛下，我变哑之后又能开口说话了。在回来的路上我碰见了哑巴牲口，也就是我的狗，它是只很友好的沙皮狗。它飞奔过来和我说话，这只狗一点儿不讨厌，也不自傲……就这样，它对我说，‘主人，我调查了这件事情，我顺着国王随从的脚印走进了森林，我看见猫头鹰瞪着圆圆的眼睛，在炉台上蹲着，它被链子拴着，正在用骑兵的话骂着自己的巫师。我就问它“傻瓜，你为什么骂人？”“为什么骂他？这个坏蛋，去搜集七种草去了。走之前哪怕给我留点果壳呢，还用铁链子把我拴起来了。”’当然，我的狗很聪明，它去森林里给猫头鹰抓来了一只兔子。‘撕撕吃吧，坏东西，吃饱了，接着讲。’猫头鹰吃完了最后一块兔肉，对沙皮狗讲述了一切。倒霉的事是这样的……国王和他的随从喝光了巫师的格瓦斯酒，巫师就恶狠狠地对着鼹鼠的骨头念动了咒语，让王国所有的声音都消失……我给沙皮狗喝了牛奶，作为对它聪明的奖赏，并且给它出了主意。晚上的时候猫头鹰又饿了，狗就给它找来了条熏鱼，但没有马上给它，而是逗着它。它被锁链拴着，又恨巫师，这爱出风头的家伙就全说了。至于让全国都能恢复说话的方法……陛下，就像我计划的那样，都被问出来了。你把带印章的扳指摘下来，暂时给我，明天午饭前，所有人就会重新喊叫起来，暂时我不能多说什么。”

国王拥抱了费佳，亲了一口他胡子拉碴的脸颊。摘下扳指，亲自用叉子叉了一块甜饼给费佳。可见，国王完全相信了他。

一大清早，沙皮狗就跑遍了整个王国，通知所有人：“都去集市的广场上集合，我的主人费佳将给你们治疗。”人们从四面八方跑来，像苍蝇扑向蜜糖。人头攒动，像一颗颗罂粟头儿。国王带着家人来了，一些重臣簇拥着他，紧跟其后。费佳在忙活着：他在市场中间点燃了篝火，火上架了一口大锅，锅里煮着鼹鼠的骨头。接着他把火熄灭了，让水稍微凉一凉。之后他站到了一个圆桶上，出示了扳指，大声喊道：“国王有令，在最短的时间内给我找出整个王国最能说会道的婆娘，我不会伤害她，只会让她快乐……亲爱的男士们，请正确地挑选，不要弄错了。”

人们无声地兴奋起来，男人们推举了一个又一个，婆娘们都不同意，屋顶的寒鸦笑着，毫无结果。于是婆娘们自己接管了这件事，用手东指西指，最后揪出一个市场上卖东西的胖女人，腰围有一个半车轮子那么粗……人们把她拽到了费佳面前，纷纷点头表示：她们说，她们选得很公正，没有一只喜鹊比她更能说了……

“那么，老妈妈，”费佳说，“脱去多余的衣物，爬进锅里去吧，别害怕，我不会把你煮成汤的，只是让你洗个蒸汽浴而已。”

这个卖东西的女人左躲右闪，也没能逃开。婆娘们架着她的胳膊，由于激动，她的脑袋直摇晃……真可笑！

“算了，费佳发了善心，衬衣给她留着。让她穿着衬衣洗吧，她这寡妇的老皮老肉我们有啥可欣赏的……”

人们把她扑通一下扔进了热锅，溅起了一堆水珠。费佳将她浸入水里三遍，把她捞出来之后，他哇哇地叫喊着 在她背上拍打拍打。“快去擦干吧，亲爱的！锅里的药汤已经熬好了，你的衣服在地上，快穿上吧。”

他搅了搅热汤，吩咐所有的居民，从国王到乞丐，都到大锅跟前来，然后给每个人发了一杯用鼹鼠骨头煮的、浸泡过婆娘身体的药汤。一些人皱起了眉头，味道肯定不像鸡汤那么美味，但是要想开口说话，就不能拒绝。

当最后一位吃奶的孩子喝了最后一杯药汤之后，整个市场上的人一下子都能开口说话了。他们大声地叫喊着，那叫声响彻云霄。从森林里传来了家畜和家禽的叫声，它们回家来了，这些牲畜马上又不会说话了，牛开始哞哞叫，公鸡开始喔喔打鸣，又像上苍安排的那样按部就班了。

人们把费佳围了起来，国王给了他十卢布，并解下自己的腰带赠给了他。费佳又变哑了，和那些哑巴牲畜一样回到了原来的样子。

皇后“哎呀”了一声，人们都深表同情：他救了所有的人，而自己却又回到了老样子……

人们问费佳，有没有特殊的办法可以救他？而他，这个开心果，只是笑笑，用手比画着什么。

马上有一位年轻的王子过来帮忙了，他看懂了他的手势。

“事情是这样的，他说，如果那个他给洗澡的婆娘从第一个新月起自愿为他闭口三日不讲话，那么费佳就会永远恢复说话的能力。”

人们拖出了湿漉漉的女贩，求她，而她却哈哈大笑起来：

“去他娘的……让我？为了他？为了让我这个多年的寡妇在众人面前宽衣解带的无耻的人？我一分钟都不能闭嘴，半分钟都不会，一秒钟都不会……”

说完又去闲扯了……整个市场的人都大笑起来。费佳也笑了，晃着脑袋，让王子解释说：我不会说话没关系，我已经习惯不说话了！我想让国王一家，还有全国人民都脱离苦海，我要用国王赏赐的十卢布和大家一起喝酒……而这位婆娘就让她把我的话也拿去说吧……话多了也撑不坏的！

假如我是沙皇

胡海燕 译

假如我是沙皇，我会一大清早就起来，洗漱，吃个小面包、喝杯茶之后向司务长大声打个招呼：

“你好，伊巴托维奇！喝完茶了吗？”

“是的，伟大的沙皇陛下，哪有俄罗斯人早上不喝茶的。”

“那士兵们喝了吗？”

“士兵们是喝不上的。按照部队食品的调配比例，茶叶是不能保证全员供应的。”

“你瞧，伊巴托维奇，他们也不是匈牙利人吧，他们也是俄罗斯人啊，他们也不比你差呀。现在就给书记官下达命令，给每一个士兵早晚都配发一大碗茶水。让他们喝个够！再给每人分上四块糖。”

“每个人一块就够了，陛下。士兵们含着一块糖喝茶就行了。否则的话，整个军队的士兵们一天就要嘎巴嘎巴地嚼进去四普特[①]糖块，这得花多少钱啊！”

“哎哟，你这个大腹便便的家伙。你从连队的伙食里克扣下来的糖不仅够你喝茶了，甚至连给你的崽子做果酱吃都够了。你敢说给士兵们分的糖块你在秤上没做过手脚吗？你马上传我的命令，把我的金雪茄盒改铸成金币，给士兵们买茶、买糖，大概够一年的了吧。需要抽雪茄烟的时候，我用银的就行了。”

“这怎么能行呢，陛下！如果波斯国的国王来做客，他用的雪茄盒是黑金的，而且上面还镶满了钻石，而您用的却是银的，这可不对等啊。”

“别啰唆了，伊巴托维奇。哼，山上的野鸡我见得多了，它全身上下连尾巴都是金色的，比太阳都晃眼，那又能怎样，难道它还敢违抗俄罗斯的银鹰吗？”

临近中午的时候，副官来向我汇报——谁应该加官晋爵；哪个军团更加尽职尽责，应该颁发勋章。

“嗯，这都不是什么重要的事，也不是着急办的事。副官，咱们一起喝点果汁，好吗？”

“非常感谢。”

“您坐下吧，我虽然是沙皇，但是不用拘束……副官，我想发布一个命令，让整支军队的士兵不再只是剪短发或者剃光头，而是要让每一个人都按照

① 普特是一种计量单位，1 普特约等于 16.38 千克。——译者注

自己的喜好设计发型。”

“但是，陛下，按照军事条例，这是不允许的。如果每个人都留一个奇怪的刘海儿，那整支队伍的整齐性就被破坏了……”

“你别拿军事条例当借口。我怎么想的，你的条例就得怎么改。你嫉妒啊，还是怎么的？你自己把头发弄得蓬蓬松松的，为了讨女人喜欢……现在又来规定骑兵应该留什么样的刘海儿。话又说回来，国家也不会因此造成什么损失。”

“骑兵就应该严格被要求的，陛下。骑兵梳的发式看上去要威严，要能威慑敌人才行……”

“依你看，步兵就是狗崽子，什么都不是吗？别抬杠了，否则的话，我命令把你的头发全部剃光，到那时候，看你这只秃鹫还怎么指手画脚的……”

我的副官立刻沉下了脸，果汁也没喝完，赶紧溜了。怎么……难道我一个沙皇，还要听一个副官的摆布吗？

我刚把他打发走，一个代理军官就急急忙忙地进了门。

“瑞典国王给您送来一封加急文书。他想派自己的外甥女——嫡亲公主来陛下您这儿做客。她还是个处女，而您是个单身汉，瑞典国王应该是想和亲。他倒是有利可图，我们也不失体面……虽然我们打败了瑞典人，但也不是最大的强国。”

“滚开，”我说，“让瑞典国王见他的鬼去吧……如果我想娶妻，那么只能娶我们本国的姑娘。瑞典姑娘的大长腿怎么能比得上我们俄罗斯姑娘修长的腿呢？”

“陛下，这无论如何是不行的。宰相公爵们是不会支持您的。因为他们想通过这种手段同瑞典修好，这样的联姻对我们是有利的……”

“我说，在官职上，你算得上是半个军官，可你满脑子都是迂腐的思想。我的宰相公爵们爱娶谁娶谁，哪怕去和匈牙利的山羊结婚都没关系，而我是个爱国者。你跟我谈什么政治，你自己恐怕娶的也是俄罗斯女人吧。”

“您说得对。我娶了阿芙多吉娅·库兹明，一位很漂亮的女士。”

“瞧，既然这样……你怎么还急着给我送这样的文书来。我现在就把你革职，让你一无所有……”

“陛下，也许您可以邀请这位瑞典公主过来看看？喝喝茶，也不丢面子，是不是？也不是马上就和她签婚约……万一她是加了葡萄干的上好牛排呢？毕竟是吃奶油长大的，待人接物受过专门的训练，怎么说也是公主啊。”

“看来你是答应人家帮忙了，可我和她语言不通，怎么说浪漫的情话？”

“陛下，可以给您从军官里选派一名翻译。”

“你瞧，兄弟，马上就看得出，除了墨水瓶[①]和阿芙多吉娅·库兹明，属于阴性的东西你都没碰过吧？这种事怎么能用翻译。我怎么能用别人的手弹和弦……滚，见鬼去吧……因为你们，我这个沙皇的日子都不好过了。你去养马场吧，去那儿发号施令吧，我什么时候想结婚，和谁结婚，不用你们操心……”

兄弟们，他的话是那样地刺激了我，我一个人在没吃任何下酒菜的情况下，喝了整整一瓶马德拉酒。我锁上了门，在沙皇的御床上，像一头牛一样，四仰八叉地躺下，辗转反侧，一直躺到午饭前。

我睡醒了，想吃点、喝点什么。而你，西多尔丘克，当上了我的勤务兵。你笑什么，傻瓜？我也不能让你这个笨蛋马上当元帅，是不是？

---

① 俄语当中，“墨水瓶”一词是阴性名词。——译者注

“哎，”我喊道，“西多尔丘克！昨天吃的火鸡还有吗？”

“是的，陛下……鸡爪我都啃完了，鸡屁股那儿还能勉强刮下来点儿肉。”

“拿过来吧，你这个贪吃鸡爪的家伙。把那瓶新的山楂酒给我打开。过来一起坐坐吧，一人喝上一杯，夏天也没地方可去……”

“陛下，您这身份，我怎么能和您一块儿喝酒呢！雄鹰在喝酒的时候，小鸟只能在灌木后面战战兢兢地看着。”

“可我命令你和我一起喝。兄弟，现在一切都在我的掌控之下，今天你是勤务兵，明天，如果我想，我就可以让你变成公爵。”

“十分感谢！”

“你现在自己打开一瓶吧，难道你自己用大杯喝山楂酒的时候还少吗？”

我们每人喝光了两瓶酒。两个侍女在给我们扇扇子祛暑。

“怎么样，西多尔丘克？我问你，我现在是沙皇，你就好好利用吧。怎么能不为自己的老乡尽力呢？只是你不能背叛我，要时刻记住自己的立场。”

“那当然，陛下。那个上等兵班长巴尔苏科夫很是过分。昨天，我腰上的铜牌还没捂热，他就用铜牌打了我的颧骨。”

“打伤没有？”

“没有，我一直往后躲。太没面子了，他自己早就该挨抽了……”

“行了，不就是巴尔苏科夫吗，我现在就当着你的面把他贬为勤务兵，让你报复他一下……你这么大声地笑是什么意思？你的班长什么都不是。如果我愿意，我甚至可以让他去挑水，我的兵不能白白挨他的揍。”

我们把瓶中的酒喝光了，值班室的将军在咳嗽示意了。我能有啥急事啊？要知道，所有的人都在扯闲话，彼此暗中搞破坏。我看了一眼窗外，也没人干正事：士兵们借着酒劲儿在刺着稻草人。

“哎，”我喊道，“停！你们这帮鬼，别拿稻草人出气了。给你们每人放三天三夜的假……每人发一卢布，凡是我们省的士兵，再加二十五戈比，去城里玩玩吧，只是别做不成体统的事。喝酒的，规矩点儿，别喝得东倒西歪的。”

整个连的人当然都很满意了，同乡们在窗下聚成了一堆，脸红红的，大声唱着歌，金碧辉煌的宫殿都震颤了：

“陛下，我们万分感谢！至于行为举止，您就放心吧，我们不会惹祸的……只是，您能不能下令给所有的人都发一卢布二十五戈比，否则有人会有意见的。而且，其他省的士兵也不比我们省的差……”

我走到孔雀石的阳台上，友善地答道：

“你们这些狗东西，加就加吧，二十五戈比算什么呀！”

老乡们欢声雷动，屋顶的铁皮震得嗡嗡响：

“万岁！陛下，现在我们真想把您高高举起来！”

“兄弟，这可不行，我的身份不允许……立正！站成一排，开始报数！右边那个吊儿郎当的还在说话？我说你哪！现在排两队！停！整齐点！西多尔丘克，你当班长，带着你的连队滚吧。要是有什么意外，我把你脑袋拧下来……雄鹰们，谢谢你们的工作……上帝啊，一二，一二……给我走起来。”

我满头大汗，走进自己的房间。我给扇扇子的侍女们放了假，让她们去看自己的老妈，还有未婚夫在城里的花园等着她们呢。我去找将军，和他握手问好：

“哎，将军，你还拿来了这么多的文件，所有文件都是让我们的士兵掉脑袋的。你看人家土耳其人没有那些办公的机构，但他们的军队很厉害……我给你也放三天假，国家反正也不会垮掉的。

“给将军少校们每人发两卢布，中尉每人发三卢布。胖将军，老态龙钟的，半个硬币也不要给了——既不会抽烟，也不会喝酒，看见小姐，张着大嘴，嘴唇都耷拉到胳膊肘了，哈喇子都滴到脚面子上了。穿个天鹅绒的衣服，却是个没用的男人。要钱去哪儿花？

“将军，你先忙着，我要睡一会儿，山楂酒太香了，喝上一瓶酒之后就像夜莺一样想要唱歌……现在没事了，我走了，请你留步吧。”

太阳快下山的时候我睡醒了，胃里一直烧着，就像吞了生石灰。我想去冲个澡，或者与齐姆良斯基村的老乡联络联络感情再喝点儿。但是我自己冷静了下来，我认为应该制定一些重要的法律。那个村也跑不掉。至于那些公爵，就知道领取俸禄，无论什么事都统统塞给沙皇。比如说，一个人在自己职位上要把手上的汗毛剃下去，而另一个人接替他上岗以后，又要把汗毛种在手上，这有什么区别呢？干的都是没有意义的事。而我该怎么办呢？我可不想这样一事无成……

我坐在小桌子旁，苦思冥想。作为军人，重中之重，我应该考虑军队的事。服兵役的时间要砍掉一半。用四年时间练习原地踏步、跑步，这种练习连骆驼都教会了，俄罗斯士兵不是笨手笨脚的傻瓜，吃两年军队伙食足够了。把减掉的服军役的时间用来种地要比白白地啪啪磨鞋掌好得多。

骑兵，尤其是轻骑兵，简直就是泡沫军队，得全部裁掉。他们只会带来灰尘，还得增加清洁工。至于国家仪仗队，我还要组建三个女骠骑兵团，当阿富汗的王子来的时候，这些女骠骑兵团会是阅兵场上一道亮丽的风景。女骑手要和仪仗队的马相匹配，屁股要翘的……裤线和鞋带要相称，我不会让她们上战场。她们去前线会把人搞得晕头转向的，没有一个士兵会老实待在战壕里了。

海军也要规定一条：他们的服役时间应该一年在舰艇上，一年在陆地上完成。为的是让他们和我们步兵一起同甘共苦。而不是像现在这样，帽子上的小飘带散着，裤子一尘不染的，还不断增加伙食。当战争突然爆发的时候，他们只知道往水里放空炮，而我们步兵，一天都不能休息，有满满的训练量……

空军最重要，要给他们披金挂银。不容置疑，飞行队中的每一个人都是英雄。他们孤独地驾驶着钢铁机器飞向未知的方向。云彩，还有上帝，关于这些，就连步兵上将斯科别列夫都得考虑考虑。

关于司务长，我在全连下达了命令：在连队的学校里，士兵们要识字，要让他们这些大老爷们儿不要揪下级的耳朵了。后备士官生们用硬纸板来学习音节，而司务长会揪着他们的耳朵说："长音，笨蛋，元音字母要拉长，元音要突出。"耳朵都不够用了。我想让每个连队都有一个图书馆。如果内勤人员的规章制度和安菲斯 - 德瓦牧师的言行录都放在柜子里，那识字还有什么意义？这是什么道理：你划着了火柴，却不让人生火。

再说一些关于士兵媳妇的……我，还是单身，我的心是空的。那些已婚的却受尽了苦头，他们卑躬屈膝，为沙皇效力，而他们农村的老婆在家里东拉西扯的。有时候神学院的学生在假期去农村度假，他不去黏着士兵的媳妇还能去找谁解闷？甜甜的伏特加酒，还有小伙子一块儿在树林里数蚊子，哎，你瞧，她如沐春风！爬灰佬（老男人）活得也挺滋润，白天修补鱼漂，晚上又溜着墙边到士兵老婆那儿偷腥去了。阿尔博自己去了镇子上当了一个街头厨娘，谁从她身边路过，都会抓一把她的裙子：怎么卖？就像路边上的豌豆……

这种行为，我是要制止的，我要命令把所有的士兵媳妇都集中到一个地方，指派一个品行端正的老妈妈去教她们规矩。缝衣、做饭、哄孩子，每个人发足口粮，士兵半年给一次探亲假。规规矩矩地。谁敢去做违法的、失节的事，就把她扔去修道院里静心，免得给当兵的丈夫戴绿帽子……

在连队里，为了使部队的服役生活变得轻松愉快，我命令给所有想弹琴的士兵发一个巴拉莱卡琴[1]，或者给那些感觉无聊的人发一个手风琴。部队照明要增加一倍，干吗在点名之后个个像浮尸似的坐在漆黑的床上……纪律是纪律，而夜晚应该是啄木鸟纵情作乐的时候。给每个人发一个奶油面包。难道俄罗斯不能给职位低的人提供足够的粮食吗？琴弦弹奏起来，茶煮起来，擅长识字的，读一读睡前故事，士兵们在行军床上做做游戏。士官坐在一边看着茶壶，眼睛瞅着。想插话是不行的……因为不是他们的时间。

每逢节日的时候，我会亲自巡视全连，为的是不用士兵一个个排着长队来看我！都问一下好，就行了。

我的仆人们会提来许多篮儿热气腾腾的食物，我不吝惜粮食，不像那种……我们会邀请城里的贵族小姐，西多尔丘克是我们这儿的能人。我们看看如何演奏六个和声的、婉转的波尔卡舞曲。乐曲声一直会传到军官的会议桌上。“嘀里嘀里，胡子刮得干干净，头发梳得亮光光……”

我给你们所有人的薪水涨三倍。一个月才五十戈比，老鼠都不能尽情欢乐。要知道，即使是最低级别的士兵，也是有血有肉的人。也是要喝酒、要抽烟的，节日的时候也是要用木樨皂全身上下洗干净的。猜钱币正反面的赌博游戏毕竟不能拿裤子上的纽扣来玩……

还有什么呢？如果让士兵罚站，就要郑重其事的。不要只是让他站在

---

① 俄罗斯一种弦乐器。琴腹呈三角形，有三根弦。18 世纪从冬不拉琴演变而来。——译者注

干净的楼梯旁逗司务长的女儿开心。而在背地里，可以悄悄地、温柔地撤销惩罚，不要让他的心里留有阴影……但是命令还是要下的。

至于老百姓，我不知道。我会召集那些不同阶层的年长者，他们之中有很聪明的人。这样，我说，这样，老爹们……我们的国家比土耳其大，但我们却活得不尽如人意。头上是金光闪闪，身体却满是疮疤。宫殿和仪仗队，还有皇冠，都闪闪发光，剧院里歌手的歌声嘹亮，接待礼宾的院子里堆满了枣子和蜜糖饼，而我们的农村一片乱糟糟。该死的，人们穿着破鞋子跑来跑去，踢着瓶子，用脏抹布擦着眼泪……

我们用金盘子给阿富汗的王子端上馅饼，馅里却是蟑螂。我是沙皇，这让我很恼火。如果需要就削减我的工资，我和士兵们一起吃大锅饭，我要的是秩序井然。我要把这些鬼长老安置在一个单独的宫殿里，我不会让他们离开，除非他们想出点子来……不知是我们俄罗斯地下没有足够的金子，河水长满了水草，土地是石头的，还是俄罗斯人比别人差？为什么我们用大把的时间折腾来折腾去，一直找不到正确的生活呢？……

我想着这些重要的事情，不知不觉天就黑了。值班的侍女把褥子拍得很松软，掀开银鼠皮的被子：

“陛下，您请。祝愿士兵们梦见萝卜配格瓦斯，祝您梦见奶油榛鸡。我们告退了。明天天一亮，我们就会给您拿来一盘巧克力和半磅猪油。睡衣在枕头下，因为沙皇是不穿白天的衣服睡觉的。”

她们很快就出去了，但是我却像只臭虫，躺在床上，充满了悲伤和寂寞。睡不着觉，因为白天的时候我呼呼大睡了，所以现在眼睛都肿起来了。窗底下站岗的两个士兵彼此瞪着大大的眼睛，胸口肌肉隆起，胡子像小刷子。在寝宫的前面还有两个哨兵。值班的中尉静静地在来回巡视。石板路泛着光。各个角落都亮着蜡烛，烛光惨白，像祭祀的烛光。我到底是沙皇还是笼中的金丝雀……

我拍了一下手，勤务兵西多尔丘克从后门进来了，这个坏蛋，自己嘴里嚼着什么。偷食偷到皇宫里了……

“去连队一下，命令他们现在就把我的行军床搬到这儿来。这女人用的、软软的东西我不需要。带尾巴的貂皮撤下来，绒毛褥子也拿走。”

“这不合适，陛下！司务长也睡在软床上，而您的级别……”

“你，怎么回事，忘了誓言吗？不许反驳！在摩尔多瓦州我是怎么揍你的，滚回连队去。你带上狗，和狗在一起我还开心点儿……”

“陛下，这怎么能行呢？难道执勤的尉官能让一个普通的、连队的狗进去吗？”

“把我的宝石戒指给你，拿给他看，有了戒指，即使是匹马他都会放行的。”

过了五分钟，我听见床被抬来的声音。我的狗，这个笨蛋，高兴地冲着哨兵上蹿下跳，接着跳进我的卧室亲我。哎呀，你这只狗啊，我知心的朋友！

士兵们打开了行军床，这些士兵是我们排的，一个个毛手毛脚的，很粗鲁，像木头桩子似的站成一排，眼神好像能吃了我。

“请坐，孩子们。”我说，“站在那儿干啥。现在西多尔丘克给我们开瓶白酒，我和你们喝点儿，别害怕，坐下，我命令你们。”

我们刚刚坐好，西多尔丘克就给我们搞了一个快餐，猪油加热了，然后用平底锅煎着……看，门后一只戴白丝绒手套的手递过来一封公文。

“这是什么？沙皇没白天、没黑夜的，你们连个喘息的机会都不给吗？你瞧，正吃着呢。把公文放在前厅的箱子那儿吧。”

但是这只手后面的邮差像一根面条似的挤在门缝里。

“紧急，加密，要亲手转交给您的，您权当解闷读一下吧。这是给陛下您制定的明天的日程表。”

我接过信，懊恼地盖上了瓶塞，为的是酒不跑味儿。给了送信员十戈比小费。听差的人塞给他一只疯狗，他也必须送到。

我打开信封，那是快速打印机打印出来的一连串一成不变的、杂七杂八的东西。

7 点：在跑马场观看骑兵的花式表演。

8 点：给达格斯坦沙赫[①]表演举重。

9 点：祝贺士官生晋升。

10 点：送别老骑兵。

11 点：接见新护卫队员。

12 点：确定新式边防制服的纽扣。

13 点：和宫廷的财务部部长一起核查财务支出。

14 点：潜水巡洋舰下海。

15 点：给希腊沙皇的侄子授勋。

两个禁卫军的检阅，还有一个陆军的，晚上还有一个化装舞会——简直是太阳从西边出来了！土耳其的大使把他的表孙女派来当护舰队的大尉……这个女魔头能压死你。接下来我就不想读了。路上已没有车驶过的迹象，车辕上的狗像陀螺一样绕着木桩子转着圈子……

我走到沙皇的电话前，老调重弹，又叫了一个庸官：

“丁零，丁零，我是沙皇，我收到了他们的日程表，一大长篇，如果不按照这些日程安排去做，那会怎么样?”

① 在东方的某些国家，“沙赫”是国王或皇帝的称谓。——译者注

“陛下，那是无论如何都不行的，太阳每天在天空升起又落下，大多也是无意义地照着，您就别反对了。”

“有了这种日程表，那我什么时候能做真正该做的事呢?”

我听见，他在笑，这个善于钻营的人，在电话线的那头声音晦涩地、恭恭敬敬地答道:

“这个日程表上的事，也许就是您真正要做的事吧？所有的国家都是只有一个日程表。陛下，不要横躺在行军床上，否则脚会麻的……”

我冲着电话啐了一口，放下电话，向老乡们走去:

“怎么样，老乡们，喝一杯……税被扣了，商品也没了，这个事情还要仔细琢磨琢磨。”

猪油还在煎着，我却感觉孤单寂寞。我们喝光了一瓶酒，当沙皇的好处可不能白白浪费了。我在地毯上走来走去，像五月的甲虫，由于一时糊涂，从窗户飞进了沙皇的寝宫……突然我想出了一个主意:

“孩子们，把行军床抬回去吧。不好意思，白麻烦你们了……”

我想，有什么呀，权力还在我这儿呢。不是所有的牌都是烂牌，我还有一张王牌。还可以捞回本儿……

我坐在桌子旁，开始写下命令：我命令把自己降为列兵，马上调回到自己的连队去。命令自己把沙皇铁皮柜里带皮缘条的马靴上交。兄弟，我的心情马上就像熨斗熨平了一样，轻松得不行……

可以说，我的沙皇生涯就这样结束了。正像我们的老话说的那样：我找到了树妖的皇冠，却害怕拿起它……

和平的战争

胡海燕 译

一

伙计们，在很久很久以前，在青山之畔，绿水河边，有两个小小的王国。弹丸之地，还没有坦波夫[①]的两个县大。

人们生活得很安逸、平静。有人种田，有人经商，老人们则每日坐在土台上喝着燕麦粥。

这两个国家的国王彼此之间交情不错，什么大事也没有，顶多在草地上看看阅兵，两国大臣之间偶尔发生点儿口角，顶多也就是彼此挥几下烟袋锅子。日子就这样平淡地过着，两国国王开始觉得无聊了。

于是他们在边界线上搭建了一个哨所，以防两边居民乱串门子。亭子

① 俄罗斯的一个城市名。——编者注

横跨两个王国，一半在这个王国，一半在另一个王国。

事情发生在春天。有一次，两位国王一块儿下棋，他们各自坐在自己的国界这边，连吐唾沫都吐在自己这边。

哨兵们则在空地上聚成一堆儿，有的人在玩击木游戏，有的人在空地上摔跤。甲虫在界碑上空盘旋，自己都分不清自己是哪个国家的。

年长的老国王掏出了一块麻布手帕，回身擤了一下鼻涕。声音很大而且拖得很长，反正也不着急去哪儿。待他回过头再看棋盘，皱起了眉头。

“不对啊，尊敬的国王陛下。我的棋盘右面原来还有一个兵呢，可现在这里怎么就像老婆婆的脚后跟……光秃秃了呢，啊?”

年轻的国王用手捋着浅褐色的胡子，摆弄着玩。

“我也不是负责给你看棋子的。也许，是飞过去的大雁用翅膀给你扇掉了，或者是你自己把这个兵输掉了……接着下棋吧!”

“大雁？那这是什么?”老国王从年轻国王的凳子下面捡起了兵棋，“论官衔，你倒是够大的，一国之君，下起棋来却像个管理员，还会用袖子划拉棋子。”

“我是管理员?”

“就是你，把棋子放回去。”

“说我是管理员?！你才是管理员呢!”年轻的国王从凳子上跳了起来，把所有的棋子都掀翻在地。

老国王也生气了，伸手去摸左侧腰间，腰带上原来放佩剑的地方却拴着一个大烟袋——生活过得很安逸，要佩剑做什么呢?

他拍了一下手掌：“哎！哨兵!”

年轻的国王也扯着脖子把自己的哨兵喊了过来。

哨兵们都跑了过来，东瞧瞧西看看：哪儿也没有发现小偷。话又说回来，即使真打仗也没有带打仗用的兵器呀！斧子、火枪早就不带了，因为国家一直很安全。

两位国王面对面站着，眼睛瞪得像三月的猫一样，然后就气哼哼地回自己的王国去了。哨兵紧跟在自己的国王身后，穿蓝色短裤的跟着老国王，穿黄色短裤的跟着留褐色胡子的年轻国王。

二

两边的铁匠们开始叮叮当当地干起活来——他们造矛铸剑。老头们掸去了大炮上的鸟窝，用油擦去了铜锈；老太太们则用小刷子扫去了兵服裤子上的蛀虫，织补了兵服上衣上的破洞，伤心的眼泪像断了线的珠子在流淌。男人们在山脊上分成两列，在试穿草鞋。

开心的只有小孩子们。他们一些人骑着长矛，光着屁股，颠颠地装成骑马的样子；另一些人排成排，面对面地对峙着，滴滴地吹着笛子。有人被俘了，被揪住了头发；有人假扮医生用木棍给病人接腿。好玩极了！

两位国王发愁了，辗转反侧，整夜睡不着觉。战争要花费大量的金钱，而他们各自国库的钱勉强能够维持和平时期的日常支出。现在又正值春季，正是应该耕地播种的时候，可所有的马匹却被骑兵连赶去戍守边境了，军需的纺线大概还需要五百捆呢。而现在后退不战已经是不可能的了，每个人都要维护自己的面子。

这时候，老国王的心腹来向他报告：“是这样的，国王陛下，我们裁缝铺有一位小个子士兵，他是缝军帽的。他不喝酒、不抽烟，也不吃牛肉，是莫罗勘[1]教派的。他让我给您秘密禀报一声，他知道如何能让战争结束，同时不会流血，也不需要花钱。但他没说是什么办法，您看……”

“快叫他过来，这些莫罗勘教派的人一向很聪明。”

士兵来了，眼睛哪儿都不看。他很丑，趿拉着靴子，制服帽子像鸟窝，亏得自己还是服装师傅。但是他胆儿很大：他用抹布手绢擦了擦鼻涕，走上前来，眼睛笑眯眯的，像兔子的眼睛，一副满不在乎的样子。

“你叫什么名字？”

“卢卡什卡，陛下。裁缝铺的人也叫我‘小细腰’，这是我的另一个绰号，我不介意。”

“你是缝军帽的？”

“是的，您说对了。我缝的军帽不好看但很结实，空闲时间我还经营着一家兽医站。”

“什么兽医站？”

“寒鸦的幼雏有时候从鸟巢里掉下来摔伤了，我就给它们疗伤，喂养它们，然后再把它们放飞。”

“你们看……多么善良的人啊!”

“太对了。如果能够减轻你周围人的痛苦，你的生活就会很愉快。”

国王向上挑了挑眉毛。

“你可真行啊，奇人伊万诺维奇[2]！那么你所吹嘘的解决战争的方法是什么呢？如何能让战争不流血又不花钱呢？”

“请您相信我！只是请您允许我把这个秘密保留到该说的时候吧，否

① 从俄罗斯正教会分离出来的一个派别，为“属灵派”，由经过选举的长老领导。教派主张每个教徒都有独立解释《圣经》的权利，并提倡“自我修道”、在家祈祷等。——译者注

② 指卢卡什卡。——编者注

则的话，所有的人都会嘲笑我，那就什么事都办不成了。”

“那现在该怎么办呢？人们还在造炮弹、缝军服……我们还等什么呢？”

“别担心，陛下！您安排人让信鸽给邻国的国王送个文书，告诉他，在本周二早上七点集结所有的军队到边境来。但是让他们不许带兵器，无论什么兵器，包括热兵器和冷兵器，都不许带在身上，就说我们的人也不带……请您盖上您的国王大印以便证实这是您的旨意。再请您给我三卢布买军用物资，这就是所有的花销。”

“好吧！但是你要知道，卢卡什卡……如果我因为你这个‘小寒鸦’而遭到了嘲笑，你最好也别想活在世上了。”

“请您别吓唬我，老兄，既然我来到了这世上，就不怕受苦……”

卢卡什卡说完就出去了，走路的时候两只靴子还是趿拉着。

三

像事先约定的那样，两国的军队向边境进发，有步兵，有骑兵，双方都没拿武器。然后呈密集队形排列，面对面对峙着。队伍里士兵们小声地嘀咕着，那声音就像风沙沙吹过。打仗的时候，难道要用牙相互撕咬吗？士兵们在等着，看接下来会发生什么事情。

两位国王都皱着眉，各自坐在军队右翼的战鼓上，谁也不朝对方的方向看。

看，卢卡什卡从远处坐着两轮轻便马车疾驰过来。身下不知铺了什么东西，仿佛猫在木桶上一跳一跳的。

他在两支军队中间勒住了马，跳到地上。接着从马车上拿下来一条一圈圈缠绕的、船上用的粗绳子，绳子每隔一尺系着一个结。

卢卡什卡站在树墩上，手掌合在一起做成喇叭状，大声地向所有人解释道："这样，兄弟们，为了公开公正，大绳中间系一面小蓝旗，双方军队各自站在自己这一边，一个挨着一个抓紧大绳。旗子要正好放在边境线上，然后双方使足了劲往后拉，哪方力量大，绳子就拉向哪方，哪方就赢了。这样既保留了尊严，又不用花钱，更不会流血。胜负立见分晓，既不会踩踏庄稼，也不会让孩子变成孤儿，房屋也会完好无损。如果哪个国家输了，就要请对方大吃一顿，要请所有的居民！如果两位国王同意，就挥一下亚麻手帕，然后我们就开始比赛吧。为了让大家拔绳子拔得开心，请乐队演奏一段华尔兹舞曲《多瑙河之波》吧。乐队，走起！"

两位国王笑了，团长们笑了，连长们也咧开了嘴，士兵们更是笑得合不拢嘴。所有人都太喜欢这个主意了！士兵们一个跟着一个地按大小个儿顺序排列起来，白色的大手帕在空中挥舞起来。比赛开始！士兵们铆足了劲儿向后拽，屁股都快坐到了地上，一些人的靴子都陷进了沙土里，他们的脸红得像酸蔓果一样。而上了年纪的人就在场地上来回地跑着，给自己国家的人加油："别松劲儿，混球，使劲儿！再加把劲儿啊，亲爱的！"

卢卡什卡骑着自己那匹瘦弱的马，优哉游哉地溜达，沿着绳子巡察，查看是否有人作弊。当他发现有人把绳子绕在一棵白桦树上时，就马上命令道："赶快把绳子解下来！作战就要按照作战的规则来！"

选手们汗流浃背，但是两队的情况就像是挂在空中的两条裤腿一样势均力敌。鸟儿们向不同的方向四散飞去。人们的热情被点燃了，上校、将军……所有人都迅速拉起绳子，一些老人，还有市民们从灌木丛后面跳了出来，紧抓着绳子，每个人都在为自己的国家助阵，开始往回拽绳子。只听见双方短裤开裆、皮带断裂的声音。

两位国王也坐不住了，从战鼓上跳了下来，各自奔向了自己军队的队尾……吹乐器的也把小号扔了，加入了自己的队伍……

突然，我的兄弟们，绳子从正中间断了。两支队伍里的人一个跟着一个地跌坐在地上，砸起一片灰尘！人们大口喘着气，左右环顾……怎么办？

老国王叫来了卢卡什卡。

“哎，你过来，这位伊万诺维奇！现在是什么结果呀？谁赢了？”

卢卡什卡则瞪大了眼睛，大声地对全场宣布：

“平局了！这样，双方完全战平。每位国王都要请对方的军队吃饭。而明天，睡醒觉之后，所有人都各干各的事儿去吧——种地的种地，做生意的做生意，喝粥的接着喝粥。”

大家立刻欢腾起来。两位国王彼此握手，互相亲吻。人们在边境线上支起了锅，摆上了桌子。满载酒和冷食的大车也赶来了。而在告别之前，两位国王又坐在哨所里下了一盘棋，这一次双方都诚实守信，光明磊落。

当然，不是所有人都马上从地上站起来了。至于那些军裤裂开裆的，是没法儿去赴宴了。他们用手拽紧裤子，跑到灌木丛里。在那里，远远观战的女人们成立了裁缝部。要知道，每个女人的衣襟上都别着针线。

两位国王把卢卡什卡叫进了哨所。

“那么，年轻人，你的事办得很好。你要什么奖赏？大胆地说，不用怕。是想要娶个美女，还是我们给你建个精美的房子？”

卢卡什卡用粗麻布的手帕擤了一下鼻涕，上前一步，答道：

“我四海为家，哪里需要我，哪里就是我的家。美女我也不要，我只是一个小人物，她会受委屈。再说，我这么柔弱的男人也不需要美女。陛下，最好的赏赐是命令两国的孩子们不要再破坏鸟窝了，别的我一无所求了！”

两位国王笑了，答应了他的要求，让他走了，对这样一个一无所求的傻瓜，真不知道该赏赐他什么！

四

老乡们，战争就这样结束了，皆大欢喜。其他地方因为战争，人口都在减少，而这里的人口却小有增加。因为当女人们给裤子裂开的军人修补的时候，她们就四处散开了：灌木丛里，山谷里，而在那里什么样的事情都有可能发生呀！从那以后，卢卡什卡又新添了一堆的“教子教女”，那数目可是惊人啊！

格奥尔吉·丘尔科夫

格奥尔吉·丘尔科夫

全名格奥尔吉·伊万诺维奇·丘尔科夫(1879—1939),俄罗斯小说家、诗人、哲学家,他是俄罗斯白银时代代表人物之一,其作品充满了神秘主义气息。布尔加科夫曾赞“丘尔科夫是个好人,真正的作者——虽不张扬,但绝对出色”。丘尔科夫的代表作品有《撒旦》《暴风雪》《神秘无政府主义》等。

向日葵

原丽莹译

一

每当我看到这一大朵金黄色的、多瓣的、总是向着太阳的花，心中就会吟唱起一首歌，一首安静、忧伤而又甜蜜的歌。我的心里总会油然而生一种对美好的过去、对逝去的青春、对一切永远无法复返的往事的回忆……我会想起我的舅舅斯捷潘·叶卡洛维奇·鲁德涅夫，想起库尔斯克的田野，想起那片宁静的庄园。那时候我觉得，外面会一直散发着白色洋槐的香气，而我也永远不会老去，一觉醒来便又能看见那令人难以忘怀的满园春色。

但是，我会一一向你们道来。

中学毕业后，我来到我舅舅的庄园里度夏。那时候，我鬈曲的头发上戴着一顶大学生的帽子，感觉好像整个世界都在等着迎接我，为我的自由欢呼，并祝福我即将开始的新生活。

那年我不满十八岁，心中充满了幼稚又胆怯的梦想，而这些梦想后来也随着我的青春慢慢消逝了。

然而，并不是每个人都会因为春天的离去而失去心灵的纯洁与柔情。我的舅舅斯捷潘就是个例外……他年轻时爱上了一位莫斯科小姐——一位将军的女儿。斯捷潘舅舅向她求婚了，但是这位小姐对舅舅并没有什么好感，所以就匆匆嫁给了一位骑兵大尉。不过舅舅还是对她念念不忘，疯狂地想念着她。朋友建议他出国散散心。于是，斯捷潘舅舅去了威尼斯，但威尼斯并没有给他带来些许的慰藉，尽管圣马可广场[①]、委罗内塞和丁托列托[②]画中的豪华场面俘获了他那颗梦幻般的心。

从威尼斯回来以后，他就在自己的村子里安定下来，过起了隐居的生活，像个怪人一样，不知疲倦地想着将军的女儿。虽然她早已消失在过去的迷雾中，可他的梦想是那么天真，又是那么坚韧……

当我来到舅舅这里时，他已经年近五十，但他的脸看起来还是那么年轻，只是那双明亮的眼睛里总是闪烁着某种困惑。

我和舅舅，就像大家所说的那样，和睦地相处着。我们只在一个方面存在分歧——政治信仰——我是一个自由思想者和民主人士，而舅舅是一个贵族寡头政治的拥护者。这个怪人就像是“首领委员会”[③]里的一员，极度热衷于16世纪意大利的奢华。对于日常事务，舅舅却什么都不懂。如果不是经理阿维利亚内奇的悉心经营，这个小农庄早就被拍卖了。

我来到农庄的时候，樱桃树和苹果树已经开花了，但还是能闻得到白色洋槐的芬芳，农庄里到处都是春天的气息。那不是三月里的春风和睦，

---

① 威尼斯市中心广场，最热闹繁华的地方，被拿破仑称为“欧洲最美丽的客厅”。——译者注

② 意大利威尼斯画派画家，其绘画充满世俗生活情趣，偏重装饰趣味，在写实传真的基础上，以豪华的场面、众多的人物和富丽的色彩取胜。——译者注

③ 首领委员会，中世纪威尼斯及热那亚共和国首领委员会。——译者注

让人神清气爽；而是温柔又静谧的、正慢慢走进夏天的五月，让人在柔情的倦怠中沉迷。

舅舅送了我一匹可爱的溜蹄马“罗宾逊”，我每天都骑着我的小马在附近溜达，天马行空地想着什么，坚信在某个不远处有一个叫作爱情的奇迹会发生。

但我是多么害羞和胆怯啊！路上赤脚女孩的笑声和欢呼声都足以让我面红耳赤，我甚至都不敢转身再看一眼她们那五颜六色、令人心醉的连衣裙。

那时候我度过了多少个令人难忘的不眠之夜啊！那些隐隐约约、躁动不安的预感让我血液沸腾，似乎此刻门就要打开了，有个姑娘会走进我的房间，轻声地对我说出那句充满魔力的“我爱你”。

我颤抖着，等待着与那未知的、神秘的、美丽的姑娘约会。我常常会在某个月色明朗的夜晚，从窗户爬进花园，沿着小路走向池塘，夜莺兴奋而甜美的啼叫声让我感到更加紧张。

记得有一天晚上，我的预感似乎已经成真了。我坐在池塘边的长凳上，月色朦胧，空气像夏天一样闷热。我闭上眼睛幻想着，一切都是如此的清晰，如此的亲近：一张女人的脸庞，两片温柔又调皮的嘴唇，一双银雾般充满梦幻而迷人的眼睛。我感觉有人摸了一下我的手，就在那一刻，我颤抖起来，感受到了一种强烈的、难以言表的快乐，而这种快乐在我此后的人生中再也没有出现过，再也没有……

二

有一天午饭后，我去了马厩，骑上我的“罗宾逊”离开了庄园。七月的田野悄悄地变成了粉红色。而中午还是金色的庄稼垛，现在也呈现出暗红色。

在一座横跨沃伦卡小河的破旧大桥上，我遇到了阿维利亚内奇，他用鞭子指着西南方向告诉我：

“少爷，马上就要下大雨了，我建议你不要走远，我们这里经常下暴雨。”

“我就到红泉那里，”我对留着小白胡子的阿维利亚内奇笑着说道，“我能赶得回来，再说我也不怕雷雨。”

我骑着“罗宾逊”奔驰而去。

天空也的确暗了下来。

大地一片寂静，天空也安静下来，我的心儿自顾自地唱着歌，唱出那些甜蜜的、期盼的、可望而不可即的、无法言说的梦想，此刻，疾驰在傍晚凉爽的薄雾中是相当惬意的。

当硕大的雨滴落在我的手上时，我清醒过来了，远处响起了一阵阵闷雷。

我望了望天空。天啊，这是怎么了？一层层乌云涌了过来，蓝色的、棕色的、黑色的。而那边，在远处高空中的某个地方，乌云攒动，组成新的列队，从对面的方向涌来，仿佛一群敌对的大军。

我调转马头回家，但已经狂风大作、暴雨倾盆。雨滴就像一个发疯的巨人，无情地、恶毒地鞭打着地面。而远处的乌云——另一个凶猛的巨人，哈哈大笑着，他的眼中闪耀着白色的闪电。

在大约五分钟的时间里，道路就被冲没了，马腿虚弱无力地陷在泥泞的黑土里。我的世界被一片红褐色的雾遮蔽了。我把缰绳扔到“罗宾逊”的脖子上，像个瞎子一样踉跄前行。

完全出乎意料的是，我的周围竟有声音响起，一辆加高的敞篷四轮轻便马车从模糊的雨雾中钻了出来。

“你是不是从萨梅金来的?”当我紧紧抓住那辆马车时，车夫问我。

“是的，是从那里来的。”我等雷声响完，大声喊道。

在闪电的光亮里，我看到一个小小的、轮廓像女人的人坐在马车里，但我来不及看清她的脸。

“我们现在也不知道该去哪里，”健谈的车夫继续说道，“不知道这儿离你们近，还是离我们近？要知道，我的天哪，暴雨马上就会把这里变成一片汪洋。”

“去我们那儿吧。”我俯身向马车里看了一眼，说道。

“不，离我们那儿更近，”小女人说，“谢谢！看起来，你比你的马要强壮。把缰绳给米海，进马车里坐吧。这里多少能避些雨。”

米海察觉到我的犹豫不决，说道：“进去吧，先生。”并拿走了我的缰绳。

一分钟后，我们朝伏罗希洛夫先生的马尔托夫卡庄园驶去，而他的妻子现在正和我并排坐在一起。

“我叫纳塔利娅·彼得罗夫娜，”她看着我的眼睛说道，“我现在一个人，丈夫去了高加索。他是一名医生。那里正在建造一座疗养院。”

暴风雨咆哮着，我无法弄清楚纳塔利娅·彼得罗夫娜对我说的话是否有什么深意，但是我看到了她那双狡黠的、绿色珍珠般的眼睛。她那可爱的嘴唇，线条虽然不是很匀称，却因为唇角的微笑显得格外吸引人。我感觉到她那娇小而温柔的身体。这一切都让我感到眩晕、无力而又甜蜜。

最后，马车终于在黑色的烂泥中驶入了马尔托夫卡庄园，雷雨已经停歇，浑身湿漉漉的、受惊了的鸟儿开始歇斯底里地叫着。

纳塔利娅·彼得罗夫娜把我带到一间圆形的餐厅。仆人们摆上来一套鲜艳的茶炊，然后她开始向我解释她要坐马车去哪里，为什么要去那里，但我听她说话，就像听音乐一样，丝毫没听进去她在说什么。当时我的眼神一定非常的古怪和漫不经心，所以当纳塔利娅·彼得罗夫娜发现后，她话说到一半就停了下来，问我怎么了。

我当然羞得面红耳赤，推说有些偏头痛。然后她让我喝了一些粉状的药，并在我的头上系了一块大大的白色头巾。我就这个样子和她一起在花园里散步，她问了我很多问题，比如我的中学学校怎么样，我读过哪些书，我为什么要考入语文系……最后，她让我大声朗读普希金的作品，她说，她崇拜普希金。我深情款款地望着她，给她读了爱情诗。当时我的样子一定非常有趣，因为纳塔利娅·彼得罗夫娜笑了起来。

我感到有些窘迫，便开始和她道别。

“一定要再来看我。”当我害羞地亲吻她的手时，她甜美地说道。

三

我向我的舅舅讲述了我与纳塔利娅·彼得罗夫娜的相识。他认真地听我说完，然后说道：

“你说她的头发是淡褐色的？”

“是的。”

“我未婚妻的头发也是淡褐色的。”

为了让舅舅开心，我说：

“给我讲讲你的未婚妻吧。”

他像个年轻小伙子一样羞红了脸，然后非常开心地谈论起这个话题。

随后的第二个周日，我就去拜访了纳塔利娅·彼得罗夫娜。她像接待老熟人一样接待了我。

我们一起在花园里散步，大杨树沙沙作响；我们坐在堰堤旁，流水在不知疲倦地潺潺流淌着；之后我们一起去了田野……

纳塔利娅·彼得罗夫娜的一切都让我着迷：她温柔的眼神、梦幻般的微笑，她那淡粉色的手指，像极了锦葵的花瓣。

她满怀信任且温柔地和我说着话，仿佛站在她面前的是她的弟弟，我感到很幸福，很幸福……只有一件事让我感到很窘迫——她不断地提起她的丈夫。

我知道，他叫帕维尔·伊万诺维奇，他的头发是浅色的，蓄着大胡子，眼睛是蓝色的，他是一个才华横溢的科学家、医生、心理学家，是一个理想的丈夫，他非常强壮、勇敢、健康等。

尽管纳塔利娅·彼得罗夫娜把他夸上了天，但对这个男人我还是钦佩不起来。

当我和她告别时，我感到一种无法言说的忧伤。但是，此后我开始频繁拜访马尔托夫卡庄园。我和纳塔利娅·彼得罗夫娜一起打草地网球；当她缠一个粉红色的毛线球时，我会伸开双臂，为她撑半个小时的毛线；我大声地为她朗读普希金，有时是福楼拜，有时是巴尔扎克……

晚上，我不停地低声说：我爱你，我爱你……我越来越想告诉纳塔利娅·彼得罗夫娜我的秘密。

一天，在晚茶之后，我和她一起散步，走到阿利亚比耶夫峡谷。那里非常潮湿，散发着沼泽的味道，我们爬到一个小山丘上，纳塔利娅·彼得罗夫娜拉着我的手，靠在我的肩上，最后我们不知不觉走到一大片向日葵地里。天已经黑了，向日葵将它的黄色花盘转向西边。一切都很安静，似乎大地也已经累了，睡着了。

纳塔利娅·彼得罗夫娜时而用她那柔软的香肩碰触一下我，时而沉默着。黄昏的田野中呈现一片淡粉色的寂静，这一切都让我很激动，心中蓦然升起了一股莫名的渴望。

“过来。”纳塔利娅·彼得罗夫娜静静地说道，轻轻地将我推向向日葵。

我们走进了这个绿色的迷宫，金色的花盘在我们的头顶摇晃，很快，世界就消失在我们的眼中，而我们也消失在世界里。

我困惑地跟在纳塔利娅·彼得罗夫娜的后面，只见她像一只小野兽一样，穿过一丛丛向日葵。

最后，她在一小块空地上停了下来，坐在地上。我也顺从地坐到她的脚边。我们望向远处那一小片寂静的天空，而周围是一堵无法穿透的绿墙。只有我们俩，只有我们……

“你好可爱啊！太可爱了！”纳塔利娅·彼得罗夫娜说，并把手指按在我的唇上。

我因为幸福而感到眩晕。

“你怎么了？”纳塔利娅·彼得罗夫娜注意到我的激动，问道。

“我爱你。”我低声说，我感觉自己脸红了。

纳塔利娅·彼得罗夫娜神秘地笑了笑。

突然间，她把嘴唇贴在我的嘴唇上，我感受到她炽热的喘息，而那个令人费解的、绵长的湿吻令我颤抖，带给我一种莫名的快感和惊慌。

然后，纳塔利娅·彼得罗夫娜轻轻地推开了我，轻声说：

“就是在这里，帕维尔第一次向我表白了……你的眼睛特别像帕维尔，几乎一模一样……他发了一封电报……明天他就要回来了。”

妹妹

原丽莹 译

八月末，我去了前不久刚去世的姑妈的庄园，那时我的妹妹，也就是姑妈的学生和继承人住在那里。

在火车的车厢里，听着车轮有节奏的“咔嚓咔嚓”声，这种声音将我的灵魂带入一种别样的平和之中，这完全不同于喧嚣的都市和耀眼的霓虹灯带给我的感受。

我不习惯于光秃秃的田野，所以，当我沿着公路从车站乘马车来到庄园时，望着秋天的土地上那一捆捆收好的庄稼，望着远处那一片湛蓝的天空，我特别高兴，连心灵都在聆听自由的风声。

乌鸦用秋天的“呀呀”声来迎接裸露的大地，一些小动物也“啾唧啾唧”地呻吟着，来回应哀鸣的鸟儿。

当我的马车驶进那座气派的大房子时，太阳已经西下了。

妹妹在门廊上等着我，我几乎没认出她，和我们上次见面时我记忆中的那个女孩相比，她变了很多。

如今，站在我面前的是一个瘦削的姑娘。她散着一头蓬松的金发，眼神神秘而充满智慧，动作虽有些缓慢，却自带威严和高贵。她嘴唇的轮廓有些不清晰，或许，是因为嘴巴有些大的缘故吧。

她站在秋日暮色的暖阳下，略显疲惫。

她向我伸出她嫩白的小手，温柔又略带苦涩地笑着，她那双闪闪发光的玛瑙色眼睛征服了我。

我们谁都没有开口说话，但似乎无论是她，还是我，瞬间就感受到了什么是兄妹情，感受到了这种神秘的血缘关系意味着什么。

一个小时后，妹妹带我穿过一个个迷宫般的房间，向我介绍房间里风格独特的摆设，但是能看得出，在已故的姑妈身上发生了许多离奇的故事。她在布置这个房子时，完全没有考虑任何特定的风格，只凭一时的想象，毫无疑问，还源于她对凋零和感伤之美的热衷。屋子里到处散发着古老的、朦胧的，或者说是一种神秘又纯洁的、令人心醉神迷的气息。窗帘、壁纸和家具外皮的色调大多是色彩不鲜明的钢灰色和令人哀伤的银白色。客厅里家具的风格略显单调，很好地掩盖了隐藏在里面房间的设计。在靠里侧的卧室、书房、藏书室和拐角处的房间里，家具都别具一格，显然是由一位当代艺术家按照中世纪的样式设计的。

墙上挂着许多幅画，大多是宗教画：棺材上方有一个发光的小天使的《耶稣的复活》；《圣母圣多米尼克》；眼神中透着悲伤的《哀悼耶稣》；用伦勃朗的黑暗色调描绘的《埃及的圣母玛利亚》，她的胸前编着蛇形麻花辫，神圣又罪恶的眼睛微微眯起。

还有一些房间里的窗户是漂亮的彩色玻璃，光线透过玻璃混合在一起，渲染了一种神秘气氛。在一个大理石墙面的大厅里，摆放着庄严的女神柱像，大厅看起来像一个博物馆，各种各样的东西让人有些眼花缭乱。

我们从这个大厅来到了藏书室。姑妈曾因对哲学和宗教的热衷而出名，所以她收藏了许多好书。在这里，除了 18 世纪的法国自由思想家的作品，还可以找到古罗马帝国时期的天主教思想家圣・奥古斯丁的作品，描述意大利天主教方济各会创始人圣弗朗西斯生平的书——《圣弗朗西斯之花》，伟大的德国形而上学哲学家，以及如斯威登堡这些神秘主义者的作品。在一个专门的柜子里还保存着一些古代、中世纪和现代的伟大诗人的作品。

通过与妹妹交谈，我发现她很聪明，品位高雅，敏感而又细腻。

这次的见面让我很激动，所以当妹妹回到卧室时，我恋恋不舍地和她道别。我没有回我的房间，而是沿着宽敞的楼梯走到公园，来到了一个池塘边，池塘在星光的照耀下，像一面银色的镜子，庄严又神圣。

我坐在那张旧旧的铁长凳上，沉浸在某些模糊的冥想之中。这些冥想虽难以言表，却总是像情诗或祷文一般甜蜜地撩拨着我的心弦。

在这栋房子里，在这个公园里，我沉浸在对先人的追忆之中。我想起了姑妈的脸庞；想起了她那双聪慧的、有些近视的眼睛和老式发型；想起了我的祖父、曾祖父和所有那些古板的祖先们的画像，他们善良又狡猾，多情又无情，高贵又罪恶。他们厌倦了尘世，向我伸出双手，召唤我走向他们那条神秘之路，那里正在欢庆着不一样的、非尘世的真理，抑或那只不过是一种新的、非尘世的谎言。

在这栋房子里，日子过得井然有序，我的来访并没有打乱姑妈生前的旧秩序。我和妹妹一起吃完午饭，她便回到自己的房间，直到晚上我们才又聚在小客厅里，在那里，我们经常演奏音乐。妹妹的风琴弹得很棒，我则用钢琴为她伴奏。大多数时候，我们都演奏巴赫的曲目，然后会一起在客厅的暮色中坐上很长一段时间，聆听沉默为我们奏响的不朽乐章。我那颗被城市的喧闹凡尘折磨得痛苦不堪的灵魂，慢慢习惯了这栋房子里难以想象的宁静和美妙。

妹妹在我眼中格外美丽动人，尽管她对我的态度温柔且友好，但我希望我们之间的关系能变得更亲近一些。我们之间近乎哲学辩论似的谈话让我很不舒服，我意识到她的一些秘密是我遥不可及的。

她在一次谈话中提到了姑妈，不过话语中似乎还在说一个活着的人，我感到很尴尬，以至于不敢再接着谈论这个话题。

九月十八日，在我妹妹的命名日（她的名字叫阿里阿德娜）那天，我大声地朗读《圣经》给她听，当我读到《传道书》第四章的第二节时，上面写着："因此我赞叹那早已死的人胜过那还活着的人；并且我以为那未曾生的，比这两等人更强。"我注意到妹妹的脸色变了，她俯身在一张纸上若有所思地画着一些符号。

当时我便问妹妹，她是否认为《圣经》的话语中存在矛盾：未曾生的人，何谈幸福？

妹妹冷冷地回答说：

"我不认为《传道书》里的这些话语有矛盾，显然，这本书的作者认为，'活着'是一种暂时的表象——一个已经存在的人，可以不存活于人世中，但是他的存在却比那些活着的人更真实。"

"然而，"我气愤地反驳道，她那冷冷的腔调激怒了我，"你的意见，阿里阿德娜，似乎与你信奉的基督教教义不一致。基督徒认为，人类在出生之前，是不可能存在于世上的。要知道，奥里根就曾因为有类似的观点而受到了教会的谴责。"

但妹妹并没有因为我的反驳而感到不安。

“教会，”她说，“将奥里根视为异教徒，但他们并没有完全否认他的教义。”但是我现在谈论的不是教义，而只在说一种体验，这种体验与我们兄妹之间的感情一样真实。

妹妹的最后一句话说得格外真诚和温柔，于是我跪到她面前，吻了她的手。

我们的谈话是在夜里，尽管天色已晚，但不知怎的，我们还是决定去公园走走。月亮高高地挂在天空中，为之着迷的树木似乎在为天上清冷的月光唱着赞歌。池塘上方悬挂着一张奇怪的银色网，那应该是月光照耀下的烟波。月光下的秋，这个无声的梦行者，张开无力的双臂，在林间徘徊游荡着。

我们静静地坐在长椅上，距离刚刚能触碰到对方颤抖的肩膀，我们不敢说话，谛听着那高远的天空和荒凉又醉人的土地。

如果不是妹妹的病，可以说我的生活很幸福。一天晚上，我们在公园散步时我偶然得知了她的病。当我们沿着池塘边的小路散步时，我注意到妹妹不舒服，她轻轻咳嗽了几声，并把手帕捂在嘴唇上，急匆匆地往家走。我跟在她的后面，问她到底怎么了。她不情愿地回答说，她患有心脏病，经常感到呼吸困难。

我把她送到卧室，这是我第一次迈入姑妈生前所住房间的门槛。这个房间被拱门分成两半：一半房间里放着一张特别大的床，床上面罩着黑色天鹅绒的床篷，门窗上挂着一件古老的俄罗斯锦缎；另一半房间里摆放着拜占庭的圣像。妹妹向我解释说，这个房间的祷告室里存放着姑妈的一个亲戚的东西，这个亲戚曾是一名主教。在一个铺有金色桌布的大供桌上，我看到了镶有玉石和蛋白石的十字架、福音书、灯具和珍贵的圣杯。古老的圣像前燃着长明油灯，摇曳着微弱的光。房间里弥漫着神香、蜡烛和一种我不知道但特别好闻的熏香的味道。

妹妹让我为她叫来一个女仆，告诉我可以离开了，并向我保证，她感觉好多了。我一回到房间，就匆匆脱下衣服上床睡觉了。

午夜时分，一股莫名的焦虑感侵袭了我。我感觉我的脉搏跳动得越来越快，渐渐地，我变得很疲倦，连抬起胳膊都需要花很大力气，已经不能变换姿势了。

我发现有一个人坐在我的床上，就在我的脚边。瞬间的紧张感刚一消失，我就清楚地看到了医生所说的那种幻觉，我的恐惧感随之就消失了，心中只留下了一种与其说是痛苦，不如说是甜蜜的困倦感。

那个坐在床边的人是我已故的姑妈。因为床非常高，所以她的脚碰不到地板，她戴着白色的帽子，转向我，用近乎嘲弄的眼神古怪地盯着我，仿佛要把我看穿。她干枯的手中揉弄着一块蕾丝手帕，喃喃地说着什么。我努力地想要听清她在说什么，最后只听清了一句："在痛苦不堪的时刻，要记得点亮一盏灯……"

我闭上眼睛，幻觉也消失了。我立刻意识到，我混乱的思绪借由幻觉之口说了出来，而她所说的正是我前一天读过的一首诗中的某一句。

但是我依然感到很不安。我匆匆穿好衣服，拿着蜡烛，朝妹妹的房间走去。我预感到，她的心脏病肯定又发作了。

我的预感是对的：只见妹妹半坐在床上，抽搐地抓着被子的边角，她的胸脯因急促的喘息而高高耸起，红肿的双眼紧张兮兮地盯着某个地方。我拉过她的手，她的脉搏跳动得如此之快，以至于我都无法计算它跳动的次数。两个女仆默默地照顾着妹妹：她们把冰块放在她的胸上，时不时地给她喂药，房间里弥漫着乙醚的味道。

妹妹用眼神示意我走到她的身边，她嘴里艰难地蹦出几个词，她请求我从银套里取出姑妈的信。

妹妹曾不止一次地谈到这封信，但我不知怎的，并不急于读它。按照妹妹的吩咐，我从银盒里拿出一个信封，走近神龛，在红色的灯光下读完了这封奇怪的信。

“我必须预先告知你，”姑妈写道，“现在是你生命中的第七个轮回。那个曾是你妻子的人，在这个轮回中是你的妹妹。但在下一个轮回中，妹妹将再次成为你的妻子。记住所罗门的话，‘我的妹妹，我的新妇，乃是关锁的园，禁闭的井，封闭的泉源’。”

我明白姑妈不是故弄玄虚地愚弄我，所以我将这些神秘的话语理解为她精神错乱。

就在这时，妹妹明显好多了：她呼吸匀畅，闭着眼睛，安静地睡着了。

第二天，我想起了我的幻觉。“这场夜间的噩梦，”我想，“证明我的神经系统已经疲惫不堪。没必要在这场梦幻中寻找什么隐秘含义。”很快我就忘记了这件事。生活还像往常一样继续，只是我在自己身上发现了一点点不同，对此我没能找到一个合理的解释：我的心对妹妹的健康状况的变化异常敏感，一旦她心脏跳动的节拍不规律，我的心立马就能感觉得到，即便我与她相距甚远也会如此。

每当她在夜里心脏病发作时，我都会从惊恐中醒来，意识到即将来临的危险，尽管我根本听不到从妹妹就寝的那个最偏远的房间传来的任何声音。我不安地颤抖着，穿过迷宫般黑暗的大厅，总是比女仆更早地来到妹妹的卧室。

我学会了如何照顾病人，熟知了她服用的药物，但我确信我的手中还握有另一种药物，它比溶于乙醚的士的宁（烈性毒药）药效更大。我开始使用一种特殊的力量，这种力量，在我看来，源于我的心灵。

为了动用这种力量，我必须将全部精力都集中在一个念头上：“妹妹会从即将来临的死亡中得到解脱。”为此，我通常会全神贯注地盯着一个发光点。偶然间，我选中了十字架前的那盏红灯。我紧握住妹妹的手，感觉到我强大的意念已经让妹妹原本跳动不规律的心脏逐渐恢复了正常。很显然，妹妹感受到了我的力量，她信任地拉着我的手。有时她一个女仆都不叫，只有我们两个人一起共度这漫长的夜晚。

我早就应该离开这栋老房子了，但是所有的计划都被我的某种思绪打乱。

我必须靠近妹妹，而且我意识到，死亡离她已如此之近，只有我一个人可以凭借意念使她摆脱死亡这位“不速之客”。这种种原因让我忘记了我所有的计划。

当我穿过大厅，偶然间听到她衣服的沙沙声，或者看到她裹着一件秋天的雨衣在公园里散步时，我的心就会因一种莫名的、温柔的、带有一点嫉妒的情感而缩紧。

我虔诚地爱着她身上的一切，包括她脸上病态的红晕，发烧时眼睛所闪烁的光芒，以及她身体上轻淡的气味。

但是我在现实中对她的态度越纯洁，我的梦就越龌龊，在梦里，我就像一个恶魔，竟试图亵渎我们的兄妹之情。

有一天，我梦到了妹妹，她赤裸地躺在自己的床上，在略低于乳头的地方裹着宽绷带，绷带下面有红色血液渗出，而我却不知羞耻地看着妹妹的裸体。我在惊恐万分中醒来：我认为这个梦是罪恶的……

时间一天天过去了，妹妹的心脏病发作得越来越频繁，她已经下不了床了。她的脉搏已经很久没有那样快速而疯狂地跳动了，相反，它像是难以觉察的抖动的一根线，只有在血液偶尔流动的时候，才跳两下，提醒心脏正在完成死亡前的工作。我支走了女仆，自己一个人在妹妹的床边跪了三天三夜，没吃任何东西，只是在不断地与死神赛跑，延长她的生命。

最终，我无法再忍受这种折磨，把妹妹交给了最近的一位大主教。

就在那一刻，阿里阿德娜忽然睁开了早已紧闭的眼睛，并且说了一句明显令我无法理解的话："我亲爱的新郎！"

然后她的头便倒在枕头上，开始垂死挣扎，这可怕的抽搐源于死神的召唤。

我对这一切已经麻木了，踉跄着走出了房间，当我穿过大理石大厅时，感觉到有人在我耳边低语："你终归是要死的！"

而我对这个声音并不感到惊讶。

女仆们过来清理死者的遗体。我从温室里取来了一些玫瑰花，整个房子都充满了香气，闻不到一丝腐烂的味道。

之后，牧师和一些我不认识的人来了，他们唱起了《安魂曲》。

当他们唱道"主啊，请赐他们安息，将他们领入满是圣灵的天堂"时，我想起她在演奏巴赫时，她头发上的金色皇冠和她放在风琴键上的那双可爱的手。

我先前的忧伤消失了，在取而代之的慵倦中，我听到了歌声，有人清楚地低声对我吟唱："你终归是要死的！"

"欢呼吧，童贞女诞下了耶稣……他将带你找到天堂……"

秋日的阳光穿过炉烟来倾听祷告。我走到窗前。在那里，在公园里，树叶沙沙作响，冰冷的十月弥漫着一片血染般的深红色。

我感到格外孤独。我想，妹妹肯定知道些什么并且曾向某人祈祷过，那些先人应该也去过她那里，并祝福她走上爱与智慧的道路。

而我却独自悲伤，并且什么都不知道，什么都不知道……

命里命外皆是命

武利茹译

他们俩一个叫尼古拉，另一个叫韦尼阿明。他们住在一条狭窄而脏乱的街上，不远处就是一条林荫路。他们的房间在五楼，从这个顶楼的窗户可以看到这个让他们爱恨交织的城市。

这个城市里有着纵横交错的屋顶，有着高高矮矮的烟囱，冒出的烟时而是黑色的，时而是琥珀色的，时而是粉红色的。雾霭中的城市充满了神秘的色彩，在月光下有些阴森可怖，而晨曦时分却令人销魂荡魄，并带着一些恍惚；各种声音混杂在其中，有哀号声、笑声、音乐声、风声、鼓声、喧嚣的车声及石头的撞击声；城市有着金色的穹顶，陈列着美国货的橱窗熠熠发光，绿色有轨电车像闪电似的疾驰而过……一切都如这两个朋友所感受到的一样！

这两人中较为年长的是尼古拉，他是一位艺术家。他的眼睛是绿色的，经常会引起女性的注意；他的面部轮廓分明，好像上天对他特别厚爱，让他的脸看起来非常富有表现力，他小心翼翼地刮胡子，尽管这样可能看起来有些苍白，但他想尽可能地让自己的穿戴看起来比较严肃。他的朋友韦尼阿明是一位诗人。他脸色苍白，衬托得嘴唇特别的鲜红；他的眼睛是灰色的，有些黯淡无神，就好像是用半透明窗帘把外面的世界与眼睛隔绝开了。

尼古拉画自然风景、自画像，很多很多的自画像，还画从顶楼窗户看到的天空。墙上挂着各种各样的画，其中有苹果、西瓜和面包，它们棱角分明，格外吸引人们的注意力；其中还有艺术家的画像，像是被封在艺术品中，戴着面具从粗糙的相框里审视着外面的世界；还有城市的天空，与色彩交替变化的屋顶相呼应……

韦尼阿明经常写抒情的爱情诗，有些忧伤，有些辛辣，总是带着令人感到意外的韵脚，在韵律方面处理得很精致，结束句经常采用神秘的疑问，像淬了毒的箭直击人心。

尼古拉毫无希望地爱上了一个不爱说话的高个子女孩，他一次次地为她画肖像。她也住在这个城市里，但她周围都是与他截然不同的人，尼古拉到现在甚至还没有与她结识。他只是偶尔在剧院里或者音乐会上看到她，而这是他一生中最快乐的时刻。

韦尼阿明也心有所属，但他倾慕的人已经结婚了。他是在溜冰场认识她的，她摔倒了，而他很幸运地把她扶了起来。这个陌生女人温柔的小手、蓝色的眼睛及浅色的头发，无一不深深吸引着诗人。他还认识她的丈夫——一位税务局的官员，他的眼神看起来很吓人，留着红褐色的、短的连鬓胡子。他开始经常出入他们家，这里对他来说似乎是个天堂。金发碧眼的玛格丽塔对韦尼阿明很有好感，如果他诗中的抒情部分不那么过分，他很可能会赢得她的认可，但他非常喜欢在诗中表现出一种痛苦和叹息，这是玛格丽塔无法理解的。

尼古拉和韦尼阿明是朋友，但是他们之间并不是亲昵地以“你”相称，也没有达到互相坦露秘密的程度，而当他们偶然说到自己心爱的人时还有一些拘谨和矜持。他们没有钱（经常会有这样的情形）去剧院或餐厅时，每天晚上他们只能待在家里，用鼻烟壶吸着烟，偶尔交换一下意见，有时是关于他们中的某人最近正在阅读的一本有意思的书；有时是关于某位未被认可的艺术家的画作，是在只有少数爱好者、评论家和偶尔想打发无聊时间的人才会去看的小画展上展出的画作。

有一次，当两个朋友又是这样在家里闲坐的时候，房间里烟雾缭绕，尼古拉说：“今天我在街上注意到一件怪事，但是，我不确定我所看到的能否被称为‘怪事’。”

“您看到了什么？”韦尼阿明冷漠地问道，同时用手描画着玛格丽塔的肖像画。

“我在林荫路和人行道上看到了许多人，他们行色匆匆，神情坚定而阴沉，还有些凝重。很少见到这样的神情。是发生了什么事吗？”

“我不知道……哦，是啊！我想起来了，今天从我们房前跑过一群士兵，他们的手里拿着拔出鞘的剑。是人们造反了吗？”

“总的来说，历史是一个谜，”艺术家说，“但革命也许是其中最难以理解的，至少在我看来，人们可能对政治产生兴趣，却对奇妙的建筑、精美的画作、充满智慧的书籍无动于衷……”

“我的朋友，”诗人反驳道，“一切都很美好，安静、风暴、码头、一望无垠的大海、充满智慧的书籍及愚蠢而盲目的生活……如果有爱情，一切都很美好……”

“爱情？但在革命中可没有爱情。人们开始战斗时或许是出于虚荣心，或者是梦想着不切实际的自由，或者是被饥饿驱使……”

“您说‘饥饿’？这倒是提醒我了，我今天还没吃饭呢。”

“是吗？您要知道，我今天也没有吃任何东西。”

“为什么没有吃任何东西？”

“我没有钱。”

“原来如此啊！我昨天还有一些钱，但是我订了一束玫瑰花……我今天必须带着这束玫瑰花……顺便说一句，我这里还有一点儿零钱，您要是愿意，我们就去咖啡馆吃点儿什么。然后我要去熟人那里。”

“好吧，我们走吧。”艺术家说道，然后站起来戴上帽子。

韦尼阿明和尼古拉去了一家咖啡馆，那里经常会有一些形形色色的人，因为咖啡馆里的灯光、女人衣服的沙沙声和因寻找和相互吸引而发亮的眼睛，他们会变得兴奋不已。

这时的咖啡馆有很多人，但不知道为什么，有些人没坐在桌旁，而是三五成群地站着，比比画画地大声交谈着，挥舞着一些紫色的叶子。一个脸色苍白、眼神疯狂的年轻人站在椅子上，高喊着自由与死亡。所有人都举起手，好像是在宣誓。

妓女们没去碰桌上的咖啡杯和冷饮杯，她们好奇地看着不寻常的顾客并热切地听着演讲者的讲话；仆人们闲来无事，张着嘴巴看着、听着，忘记了放下手里的餐巾纸；收银员小姐伸长脖子、踮脚站着……

“这似乎是一场革命。”艺术家懒洋洋地说，开始在价目表上没写字的地方画演讲者。

“啊，这真的很有趣，”诗人说，“但我应该把玫瑰花送给我的熟人。”

“如果您去那条街，我就和您一起去。”艺术家喃喃道。

特别凑巧的是，玛格丽塔和尼古拉喜欢的人住在同一条街上。尼古拉一直没有机会进入她的房子，他曾经在她的窗下站了好几个小时。

当这两个人走出咖啡店时，皑皑的白雪落在街道上。大片大片的雪花突然出现在冬日里，潮湿、温暖、柔软……还出现了淡蓝色的雾霭，笼罩着街道。雾、雪和灯光，这一切都很恍惚，奇怪又奇妙。人们从昏暗处走出来，就像幽灵一样，又神秘地消失了，只留下了电灯昏暗的灯光投射出的黯淡圆圈。

两个人去花店买了一束玫瑰花，是为韦尼阿明准备的。他们走出花店来到街上，沉醉于从法国尼斯运来的鲜花湿润醉人的花香，由于长途运输，这些花有些无精打采……尼古拉和韦尼阿明走过两条林荫路，穿过广场，经过大教堂，正打算按照习惯往桥的方向走去，突然从雾里钻出一个健壮的人，挡住了他们的去路。

“你们要干什么？”一个粗嗓门喊道，有人用灯照向这两个人。

“我们要过桥，我们要去我们朋友那里。”韦尼阿明耸了耸肩回答说。

“那里禁止通行。”同样的声音嘲讽而生气地喊道。

现在，在灯光下，这两个人看到桥上站着一队士兵，还停着一辆带篷的载重汽车。

“为什么不可以去那里？”尼古拉犹豫地问道。

这时，一名宪兵大尉骑马过来。

“他俩是什么人？”他的声音低沉沙哑，“这两个人是谁啊？”

“劳驾您，”韦尼阿明尽可能礼貌地说，“劳驾您，让我们通过这座桥吧。”

宪兵大尉没有回答，而是笑了，把韦尼阿明手中的玫瑰花打落在地，说：“仔细搜他们俩！”

一个留着红褐色鬈胡子的士兵抓住韦尼阿明的大衣说：“脱掉，先生。”

搜查结束后，当这两个人穿上被丢在雪地上的又冷又潮的大衣，又躺在雪地上时，宪兵笑着对他们说：“滚开！赶紧滚……走开！”

他们沿着堤岸走着，听着从桥对面方向的黑暗里传来的士兵们的谈话和笑声。

“这真是一件令人不快的事。”艺术家说道，他一想到刚才士兵的手在他身上搜查就瑟瑟发抖。

“我的玫瑰花啊！”诗人叹了口气，看着雪地上被踩过的红色花瓣。

“或许，我们可以试试再往前走走，”尼古拉说，“前面可能会让我们过桥。”

“当然可以。”韦尼阿明说，他觉得他不能看不到玛格丽塔，不能不为她读献给她的新十四行诗。

雪已经停了，天上的月亮几乎是一轮满月，被覆着半透明的轻纱，在卷云之间缓缓移动。月亮散发着幽冷的光，有一种不忠和神秘的感觉，当月光照向不同地方的地面和墙面上的黑影时，他们的心脏不由地抽紧了，简直都要窒息了，心中感到既害怕又兴奋。

“多好啊，”艺术家笑着低声说，“白与黑的和谐。太美了！”

“是啊，非常美妙，”诗人表示赞同，“显然，我们并不是唯一的，这里有生与死，或许还有尚未出生的，所有人都静静地来到这里，我听到各种声音，在呼唤，在歌唱美好的爱情。”

“也许吧。”艺术家低声说，他并没有听到什么声音，沉默不语。

在到达铁桥之前，这两个朋友遇到了一队手里拿着拔出鞘的剑的宪兵，剑在月光下发着银光。

宪兵们注意到这两个在夜间行走的人，将他俩按在墙上，马头几乎要贴到他俩的脸上，他俩感受到马嘴里喷出的热气及马汗的酸味。

“嘿，你们俩！去哪儿啊?”一个反戴着帽子的、醉醺醺的宪兵咆哮着喊道。

“我们要去对面。”尼古拉闷闷不乐地说道，闪躲开那匹不耐烦地蹬着腿的马……

“趁着你俩现在好好的，赶紧滚，”宪兵喊道，“但不要说话，要不然一会儿长官来了，有你俩好果子吃。快滚!”

“我们回家吧。”韦尼阿明说，这次夜晚的奇遇让他的双腿都在打战，他已经筋疲力尽了。

“好吧，我们走吧。”艺术家同意了。

他们拖着沉重的脚步慢慢地向林荫路走去。街上看不到任何人。他俩的影子在月光下显得奇怪而突兀，所有的房子死寂无声，任何地方都看不到光亮。

“这是什么声音?”韦尼阿明问道，不时听到从某个地方传来低闷而沉重的声音……

“他们似乎在开炮，”尼古拉说，尽量保持着镇定。

“真的是在开炮。”

两个朋友继续向前走，却不由自主地靠得越来越近。当他们穿过最后一个小巷时，他们终于看到了林荫路，他们非常高兴。

“我们终于要到家了。”诗人高兴地说道，凝视着被白霜和月光染白的、光秃秃的树枝。

“是啊，马上就到家了。但是那里刚才变黑了吗?”

“是这样的。这是怎么回事？我不明白。”

“我觉得，林荫路被什么隔断了。”

“该死的！是街垒!”

“街垒……”

“人们就喜欢干这种破事!”

“他们为什么不能和平地生活呢?”

“但我希望他们能让我们过去。”

“可宪兵们不让我们过去。”

“那是宪兵，革命者们会让我们过去的。”

“您觉得可能吗?”

“试试吧。”

当两个朋友紧挨着走近林荫路时，他们看到两边的通行道和林荫路被电线、栅栏隔开了，上面覆盖着箱子、废物、石头和雪。这样的栅栏后面有大约二十五个人在走来走去，有的人手里拿着枪。

“谁?”一个严厉的声音响起，一个手里拿着勃朗宁手枪的高个儿黑胡子男人向他俩走过来。

“我们是艺术家。”

“什么?”黑胡子没听明白。

“我们是艺术家,”尼古拉重复道，他停顿了一下，又补充说，“我们没有武器。”

“会有武器的,”高个子说，“谢苗同志，给他们一人一把勃朗宁!”

“不用给我们。为什么给我们呢?”韦尼阿明纳闷地问道。

“你们难道不是我们的人吗？真见鬼，那你们到底是谁?”

“哦，怎么都行，”韦尼阿明说，他感觉自己已经累死了，“我坐一会儿……”

他坐在被掀翻的箱子上。

“爱咋咋的吧，这也是一种哲学，现在我们没时间了。我手里有勃朗宁手枪，如果士兵靠近，就向他们开枪。您也是……”

“我们不能回家吗？”尼古拉问道，不高兴地皱着眉头。

“太幼稚了！难道我们还要为了你们把街垒拆掉吗？”

“你们可真奇怪。”一个小个儿男人说。他穿着皮大衣，长着罗圈腿，他就是刚才高个儿喊的那位“谢苗同志”。

他给了尼古拉和韦尼阿明一人一把勃朗宁手枪。月亮在天空中散发着淡淡的白光，在云层里几乎不可见。天地连成一片，好像被罩上了一层灰色的丝绸，令人困倦的凌晨时刻到来了。

几分钟后，韦尼阿明和尼古拉觉得他们已经在街垒旁待了很长一段时间，差不多有整整一个星期了。周围的一切都很熟悉：谢苗同志，罗圈腿，瓶装白兰地酒，黑胡子战士，头目，身上有白色绷带和红色十字的、蓝眼睛的年轻姑娘，很艺术地摆放在街垒上的每块木板，插在上面作为自由和起义标志的一面红旗……

某个地方开始响起敲鼓声，单调而清晰。

“瞄准目标，同志们。”黑胡子喊道，那些手里有枪的人躲在街垒后准备射击。

在一堆雪和石头附近有什么东西噼啪响着并冒出了烟，好像是对此做出了回应，一会儿发出很响的声音，一会儿又发出很闷的声音，不断有士兵的子弹打在街垒上。

“他怎么了？”韦尼阿明注意到谢苗同志不知何故从街垒上倒下来，以奇怪的姿势趴在地上。

尼古拉走到谢苗同志身边问道："您怎么了，啊？"

但谢苗同志没有回答。

尼古拉弯下腰，注意到他的眼睛和嘴唇一动不动。

"太奇怪了。"艺术家喃喃道，突然打了个趔趄。

他跪倒在地，摇了摇头，仿佛衣领让他感到窒息。

但韦尼阿明并没有看到这一切。诗人伸出双臂躺在地上。他的右腿不自然地抽搐着。那个身上有白色绷带和红色十字的、蓝眼睛的年轻姑娘趴在他的身上。而他把她误认为是另一个人，温柔地低声说："玛格丽塔……"